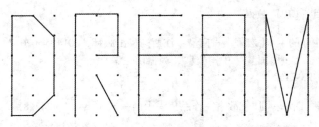

少年梦·青春梦·中国梦：中国故事

让我轻轻握住你的手

沈 宏 著

江西高校出版社
JIANGXI UNIVERSITIES AND COLLEGES PRESS

图书在版编目（CIP）数据

让我轻轻握住你的手/沈宏著. —南昌：江西高校出版社，2014.5（2017.5 重印）
（少年梦·青春梦·中国梦：中国故事／尚振山主编）
ISBN 978-7-5493-2462-0

Ⅰ.①让… Ⅱ.①沈… Ⅲ.①故事—作品集—中国—当代 Ⅳ.①I247.8

中国版本图书馆 CIP 数据核字（2014）第 087884 号

出 版 发 行	江西高校出版社	
社 　 　 址	江西省南昌市洪都北大道 96 号	
邮 政 编 码	330046	
编 辑 电 话	（0791）88170528	
销 售 电 话	（0791）88170198	
网 　 　 址	www. juacp. com	
印 　 　 刷	北京一鑫印务有限公司	
照 　 　 排	麒麟传媒	
经 　 　 销	各地新华书店	
开 　 　 本	710mm×1000mm　1/16	
印 　 　 张	14.5	
字 　 　 数	208 千字	
版 　 　 次	2014 年 7 月第 1 版	
	2017 年 5 月第 2 次印刷	
书 　 　 号	ISBN 978-7-5493-2462-0	
定 　 　 价	28.00 元	

赣版权登字-07-2014-160

[目录]

CONTENTS

安琪儿花屋　　　　　　001

圣诞花篮　　　　　　　004

草坪上的温馨　　　　　007

寻找爱情　　　　　　　010

初恋的印象　　　　　　012

爱情花园　　　　　　　016

爱情坐标　　　　　　　019

爱情饼　　　　　　　　022

爱情诙谐曲　　　　　　024

小屋之恋　　　　　　　027

屋顶花园　　　　　　　031

春雨融融　　　　　　　034

冬天的故事　　　　　　　　036

红玫瑰羞答答地开　　　　　039

婚姻跷跷板　　　　　　　　042

约会试验　　　　　　　　　045

生日快乐　　　　　　　　　047

咫尺天涯　　　　　　　　　050

温馨的圈套　　　　　　　　052

我在地铁站等你　　　　　　054

夏日最后一朵蔷薇　　　　　057

不灭的风灯　　　　　　　　061

秋天有约　　　　　　　　　064

女人形象　　　　　　　　　067

海边贞女　　　　　　　　　071

木栅栏上的凤仙花　　　　　074

蝴蝶风筝　　　　　　　　　076

叶落归根　　　　　　　　　080

天长地久　　　　　　　　　082

黑　猴　　　　　　　　　　084

小　雨　　　　　　　　　　087

光头老五　　　　　　　　　090

圣洁的玫瑰　　　　　　　　093

菊　魂　　　　　　　　　　096

最后的温情　　　　　　　　099

捡破烂的老鬼头　　　　　　103

老伙计　　　　　　　　　　106

赝　品　　　　　　　　　　109

赔款之后　　　　　　　　　112

瘸腿万福爷　　　　　　　　115

隧　道　　　　　　　　　　118

棋　赛　　　　　　　　　　120

招　聘　　　　　　　　　　122

掌声再响　　　　　　　　　124

少女之死　　　　　　　　　127

少年阿东　　　　　　　　　131

红气球　　　　　　　　　　135

青涩香蕉　　　　　　　　　138

青春往事　　　　　　　　　141

鼓掌练习　　　　　　　　　145

寻找偶像　　　　　　　　　147

莫斯科郊外的晚上　　　　　150

让我轻轻握住你的手　　　　153

茶　神　　　　　　　　　　156

笔　神　　　　　　　　　　160

窗　　　　　　　　　　　　163

蒲公英花开　　　　　　　　166

生死情歌　　　　　　　　　170

桥　　　　　　　　　　　　173

新年礼物　　　　　　　　　176

冬日温情　　　　　　　　　178

盆　景　　　　　　　　　　180

手　　　　　　　　　　　　182

幸福漂流瓶　　　　　　　　185

锅　浴　　　　　　　　　　188

警　徽　　　　　　　　　　192

去天堂　　　　　　　　　　198

因为爱情　　　　　　　　　201

情侣时装屋明天开张　　　　205

小　花　　　　　　　　　　208

红草莓　　　　　　　　　　211

橄榄枝　　　　　　　　　　213

勿忘我　　　　　　　　　　216

末班车　　　　　　　　　　219

兰姐的故事　　　　　　　　222

安琪儿花屋

　　一个月季花盛开的初夏日，我们这条古老的街上出现了一间精致漂亮的花屋，花屋名叫安琪儿。

　　安琪儿花屋的主人是位独身的中年男子，名叫瑞雪兆。据知情人说，瑞雪兆曾是市郊外一个花木场的园艺师，侍弄花草特有经验，且爱花如痴如醉。他因每日大多跟花在一起，以致没有时间陪自己的妻子。妻子曾问他说，你这么一个爱花的人，怎么会如此冷漠地对待自己的女人？瑞雪兆回答说，花是女人，女人不一定是花。妻子听了气得把瑞雪兆侍弄的花草砸了个稀巴烂。此后，瑞雪兆就跟妻子离了婚。

　　安琪儿花屋生意特好。这主要是瑞雪兆培育出的花色泽鲜艳，香味馥郁；同时，安琪儿花屋服务周到——如果谁想买花，一个电话，鲜花就会送至府上。

　　安琪儿花屋临街对面有条明清时期留下来的窄窄的弄堂。弄堂两旁是些老式楼房，楼房的墙壁青苔斑驳。就在这些斑驳的楼房里，住着一位秀美的独身女人，其住户门牌是 46 号。安琪儿花屋每天要为这 46 号住户的独身女人送去一束康乃馨。康乃馨是有人为她订购的——每月的 1 号，有人汇款至安琪儿花屋为 46 号住户订购一个月的康乃馨，且要求在安琪儿花屋的赠卡上打印一行短短的字："花儿，祝你快乐！永远爱你的康儿"。对此，瑞雪兆想，这一定是一对纯情男女的浪漫爱情。

这样的事从夏季一直持续到秋天。

秋天，街道两旁的法国梧桐变成了金黄色。一日，因送花工请假，瑞雪兆亲自给 46 号住户送花。瑞雪兆敲了敲 46 号住户的房门，门是虚掩着的。瑞雪兆见没人应声，就推开了门。一进门，瑞雪兆发现有个女人躺卧在地上，便忙抱起放至床上，并要去打电话叫救护车。刚好这时女人醒了。瑞雪兆问女人说，你要不要紧？女人摇摇头说，不碍事，这头晕症是老毛病了。女人说着打量了一下瑞雪兆。

瑞雪兆说，我是安琪儿花屋的主人，是来送花的。

女人说，请你把花拿给我。

瑞雪兆把花递予女人。女人把花放至胸前轻轻吻着，其眼神中闪现出一种初恋少女所特有的光泽。瑞雪兆为此一颤。

此后，瑞雪兆又为这 46 号住户的独身女人送过几次花。而每次女人接过花后，其眼神中所闪现出的那种光泽都使瑞雪兆震颤。

月末的一天，瑞雪兆去邮局取笔汇款。在邮局里，瑞雪兆瞅见 46 号住户的独身女人正低着头填写一张汇款单。瑞雪兆走过去，见女人在汇款单上写着"安琪儿花屋收"的字样。

女人抬头见是瑞雪兆，便显得很慌乱。女人说，是你？

瑞雪兆问女人说，你住的地方离安琪儿花屋那么近，为什么要通过邮局汇款订花呢？

女人有些惶惶惑惑，便吞吞吐吐说，这是……

瑞雪兆说，要是你觉得不方便，我每月上门收款好了。

女人笑笑，摇摇头。蓦地，女人那白皙的脸颊上涌现了一片绯红。

瑞雪兆又为之一呆。

女人说，你想听吗？这曾是一个女人的梦幻。

瑞雪兆没有回答，只是点点头。

就这样，在邮局通往安琪儿花屋的林荫道上，我们这个故事中的 46 号住户——一个秀美的独身女人，对安琪儿花屋的主人讲述了她的故事——

在我还很年轻的时候，确切地讲那时我还只有十八岁，我爱上了一个幻想中的男孩。男孩非常英俊，每天都给我送一束康乃馨。而几年后，我的幻想变成了现实——我真的跟一个非常英俊的男孩相爱了。那男孩住在五十里外的一个小镇上。每天他骑自行车从五十里外的小镇赶到我们的城市，给我送来一束绯色的康乃馨。一年后，我们订了婚。订婚那天，他问我结婚以后最大的心愿是什么？我说我要到他的小镇去开间花屋，花屋的名字就叫安琪儿。我们一块儿守住安琪儿花屋幸福地生活，好吗？他听了我的话后，就紧紧拥着我说，我答应你！可是就在婚期临近的前两天，他却出了意外——那天他给我送花时，被一辆汽车撞了。

他死了，可我一直不敢面对现实。我总以为他还活着，每天都给我送花，可是他再也没有出现。我只好从原来的住处搬了出来，想以此忘掉过去，可还是不行。直到有一天，我下班回家时，在我们街道附近见到了一间安琪儿花屋，于是我就通过邮局汇款订购康乃馨。这样每天又有人给我送花了。一时我还以为他——我的康儿又出现了。以前他每次给我送花时，都附上一张精美的赠卡，赠卡上的字跟现在的一模一样。每当见到赠卡上那行短短的"祝愿"时，我是多么快乐！可一回到现实，我知道我是在欺骗我自己。

女人在一种深深的哀伤中结束了她的诉说。

这时已是傍晚了，夕阳的余晖透过街道两旁的梧桐枝叶，把女人和瑞雪兆的脸染得红红的。女人的诉说深深打动了瑞雪兆。瑞雪兆蓦地感到眼前的女人就是花，是一朵温馨的花。瑞雪兆对女人说，你以后不要再去邮局汇款了，就让我每天为你送花吧。

女人瞅着瑞雪兆，一时间没有说话。

瑞雪兆又说，试试看，行吗？

女人有些害羞地笑了。

瑞雪兆向女人——花儿求婚的那天，已是一年后的秋天——那是个飘满花香的黄昏。瑞雪兆把一把钥匙交给花儿，说，花儿，嫁给我吧。

花儿默默地注视着瑞雪兆。许久许久，花儿才从瑞雪兆手里接过安琪儿花屋的钥匙。

圣诞花篮

这是十年前的一段往事。那时我二十八岁，在一家纺织厂当技术员。

在厂里住的是集体住宿。宿舍楼在厂区的西边，是幢三层的白色建筑。四周还有许多水杉树。我们男宿舍在二楼，三楼是女宿舍。

同宿舍的大多谈上了恋爱，而我还没谈上。这倒不是说没有目标，其实我心里早瞄准了三楼 312 室的王小芃。王小芃是二车间的摇纱工。王小芃装纱管的速度在厂里是头号。开始只是听我那在生产技术科管操作比赛的好友齐平说的。不过以后在厂里的操作运动会上，我确实见识了王小芃的身手。王小芃的身手真是快得让人无法瞧清那纱管是怎么插上车的。

王小芃是个活泼可爱的女孩。在宿舍里，王小芃总是蓬松着长发，简简单单扎一条花白手绢，像只蝴蝶飞上飞下的，大伙儿都喜欢她。

王小芃跟我也有过接触，譬如偶尔向我借本书什么的。有时大伙儿聚餐时，我偷偷朝王小芃那边瞅，我发现王小芃也正在往我这边瞧。当四目相遇时，我们的目光又忙闪开了。等我再瞅王小芃时，我瞅见王小芃的脸颊上有片红晕。

好多次，我想找王小芃表白，可我由于生性内向，一见到王小芃就支支吾吾没辙了。这件事折磨了我好长时间。

圣诞节来临的前一天，我下了决心——在圣诞节那日，我要给王小芃

少年梦·青春梦·中国梦——中国故事
[沈 宏] 让我轻轻握住你的手

赠送一只花篮。不管王小芫怎么想，我一定要向她表明我的感情。刚好那天我要去医院探望我的好友齐平。齐平是因突然间休克被送进医院的。据医生诊断，齐平是由真性红细胞增多症而导致白血病。齐平住院已两个月了，其间我去过好几次，也碰到过王小芫和几个女孩。我想把我的心事告诉齐平。

我走进飘着来苏味的白色病房。齐平正躺在病床上，脸色非常苍白。

我刚坐下，齐平就伸出消瘦的手握住我说，你来了，正好我有件事求你帮忙。

我说，有什么事，你尽管说。

齐平瞅了我一眼，有些害羞地说，圣诞节快到了，我想求你帮我在圣诞节那天送只花篮给王小芫。

一时间我没反应过来，诧异地问，送花篮给王小芫？

齐平苍白的脸上红红的，大概是激动的缘故。齐平说，是的，送花篮给王小芫。

这时我才意识到了什么，我怔怔地说，齐平，你……

齐平说，乔宏，咱俩是好友，我一直想告诉你，我喜欢王小芫。以前我不敢向她表白，是因为我怕她拒绝我。等我生了病，就没有这个机会了。我知道，我的日子不多了，也不敢再有这种想法。可我一直想送她一只花篮。

听了齐平的诉说，我为自己感到难过。可我不能拒绝齐平，我对他说，行。

圣诞节那天，下起了大雪。雪花纷纷扬扬，整个厂区一片白色。傍晚，我捧着一只由玫瑰、康乃馨、百合、郁金香、勿忘我组成的圣诞花篮敲开了312宿舍的门。

宿舍里只有王小芫一人。王小芫见我捧着花篮，惊喜地说，是你！

我说，王小芫，这花篮是齐平让我转送给你的，他祝你圣诞快乐！

王小芫的眼神立刻黯淡下来，她说，齐平他好点儿了吗？

我说，王小芫，齐平一直爱着你！他现在病得很重，去看看他吧。

我不知道是怎么离开王小苊的宿舍的。我只知道那天的圣诞之夜，我独自一人在风雪弥漫的大街上走了很长时间。当回到宿舍时，我意外地见到桌上有我的一封信。拆开信封，是一张精美的散发着苹果香味的圣诞贺卡。贺卡上写道：乔宏，祝你圣诞快乐！王小苊

　　顿时，我心里涌上一股复杂的感情。

　　从那以后的一段时间里，我有意躲开王小苊，而王小苊也似乎尽量避免跟我相遇。我只是从宿舍里的一些议论中得知王小苊每天去医院。在我去医院时，我见到王小苊对齐平的那种亲昵的神情。王小苊送我出病房，在医院的走廊上，王小苊对我说，齐平像个快乐的小男孩。

　　我没有说话，只是默默地走。等走到走廊尽头，我回头瞅一眼王小苊，见王小苊还站在走廊的中央。在走廊朦胧的灯光下，王小苊像春天里盛开的苹果花那样可爱动人。

　　那年深秋，齐平像片落叶那样飘然离去。

　　又一个雪花纷飞的圣诞节。我去郊外的公墓看齐平。在那儿我见到王小苊正把一只花篮放到齐平的墓前。

　　我和王小苊在齐平的墓前相遇。

　　王小苊含着泪对我说，我们都想用爱留住他，可他还是走了。

　　我说，小苊，不管怎么样，他是带着一个美丽的梦走的，我想他是快乐的！

　　王小苊紧紧瞅着我，说，我想是这样的。

　　王小苊说着扑入了我的怀里。

　　我紧紧拥着王小苊。

　　雪花纷飞的圣诞节，圣诞花篮清香弥漫。

草坪上的温馨

　　秋日里一个周末的午后，阳光照在湖边那片开始泛黄的草坪上。草坪上铺着一块淡蓝色的绒布。绒布上是一家三口——一对年轻夫妇和他们可爱的小女孩。丈夫躺着，头枕着妻子的腿在读一本书；妻子正在逗小女孩玩。四周开满了芬芳的野菊花。一切让人感到和谐而又温馨。

　　这时，忽然从一旁的树丛里走出一个女人，女人朝绒布上的丈夫眨眨眼，便猛地拉起他就跑，而绒布上的妻子只是呆呆地看着他们跑，身旁的小女孩被这突然的变故吓坏了，扑入母亲怀里大哭。草坪上的阳光变得冰冷冰冷……

　　茜茹的身子动了一下，然后就醒了。醒来的茜茹发现自己躺在草坪上睡着了，刚才只不过是做了个梦。梦中出现的那个女人的脸——就是拉起绒布上的男人跑的那个女人的脸始终是模糊的。不过那男人似乎就是此刻茜茹在等待的人——也是每逢周末下午她要等待的人。不知为什么，近来茜茹在这草坪上等他时常常会睡着。睡着了就做梦，梦中常出现那个模糊的女人。有几次他来时，茜茹还似睡非睡的。他轻轻地摸摸茜茹的脸颊，茜茹睁开眼就看到他满脸的歉意。而这时茜茹心里就有种苦涩，她知道眼前这个男人并不完全属于他，因为她并非梦中淡蓝色的绒布上的妻子。

　　茜茹二十二岁的时候，曾经跟一个男孩相爱，那时他们可以说是爱得死去活来。不久茜茹就怀孕了。每当黄昏，茜茹跟那男孩坐在一片草坪上看日落。这时茜茹轻轻抚摸着自己的腹部对男孩说，如今我们三个人看日落。可不久，男孩离开了茜茹。茜茹的母亲知道了此事后就逼茜茹去做人流手术。

茜茹第一次见到他，是多年以后的一个秋日的午后。在一片泛黄的草坪上，他和他的妻子正坐在一块淡蓝色的绒布上。他们中间有个可爱的小女孩在念一首儿歌："山山山，山上有个木头人，不准说，不准笑，不准动，一、二、三。"小女孩说完就一动不动地站着。看到女儿的可爱样，他先笑了。小女孩高兴地叫着，噢，爸爸先笑了，该罚！当时茜茹正好经过那片草坪，她被他一家所营造的那种温馨的氛围感染了。茜茹不知道他就是她就职的那家公司的总经理，更不知道她以后会爱上他。

他是个事业有成的男人。他身上所透出的那种成熟，女人是无法拒绝的。尤其是像茜茹那样有过失意的女人更需要自己偎依在一种温暖的成熟里。茜茹成了他的情妇。有时茜茹也想过和他结婚，堂堂正正地做他的妻子。他也答应过茜茹——他跟他的妻子离婚，然而事实上这是不可能的，因为他的妻子很贤惠，他的女儿很可爱，他是舍不得放弃这一切的。真的要他作出这么大的牺牲，她也于心不忍。他在家要协调好妻子，而在茜茹面前更要显得百般温柔和体贴。每当抚摸茜茹那温软柔滑的胴体时，他就说，茜茹，你真像一篇优美的散文，令人回味无穷。茜茹听后觉得他说的并非是假话，也觉得他挺难的，为此只有和他偷偷摸摸地来往。

一天，茜茹突然接到他妻子的电话。他妻子约茜茹在一家名叫"鸢尾花"的咖啡馆里见面。见了面，他妻子直截了当地对茜茹说，你跟我丈夫的事我晓得，可我不想吵，你知道是什么缘故吗？

茜茹没答话，表示沉默。

他妻子说，因为我爱他！他妻子说着拿出一张照片，照片是他和他的妻子、女儿在绿色的草坪上度周末。他妻子说，这照片是前年春末初夏的时候照的。这是个多么温馨的家。难道你对他的爱比这照片上的情景更动人？你深信自己能比得过吗？

茜茹苦笑地摇摇头。茜茹从没有想过这问题，她也从没有拿自己跟他妻子或他的家庭作什么比较。茜茹和他在一起也并非为了要跟他妻子争什么。那么茜茹又为了什么呢？为了爱？反正这一下子是很难说得清楚的。

　　秋日里周末的午后，天空一碧如洗。开始泛黄的草坪上有几片飘落的树叶在阳光下闪现出一层金黄色。不远处一些度周末的人不时发出阵阵欢声笑语。

　　他还没来。这时茜茹突然觉得自己该走了，不必再等他了。是的，不必再等了。

　　茜茹起身慢慢折叠起铺在草坪上的白色桌布，然后默默地离去。

　　茜茹离去的时候没有回头，因为她知道身后的草坪上有一片温馨。

寻找爱情

　　中午下班铃响后，我迫不及待地到对面报刊亭买了十份当天的报纸。报纸第三版的右下角刊登了我的微型小说《寻找爱情》。这是我的处女作，终于发表了！我这个文学青年，创作整整十年了。期间的辛酸难以言表，可初见铅字的那种兴奋也难以形容。

　　我把报纸揣在怀里，想独自为处女作的发表庆贺一下，于是便踅进大街拐角的一家餐厅。

　　餐厅里的布置挺优雅。墨绿的地毯。涂塑的墙壁。粉红色的壁灯。灯光柔和。录音机里流动着《蓝色多瑙河》。这种氛围挺适合我。我挑了个座位，服务员立刻递上菜单。我点了几样冷菜且要了啤酒。

　　慢慢地啜饮，慢慢地咀嚼。

　　邻座一位漂亮的女士正在读报，其神情可谓专心致志，那吃了一半的面条也早已凉了。我瞧见她读了一会儿，放下报纸靠于软背椅上沉思一下，又拿起报纸读了一会儿。这样的来回有好几次。一种好奇心促使我想知道是哪篇文章如此吸引她，于是我便走过去说："对不起，借用一下醋。"

　　她放下报纸打量了我一眼，并未搭理，可意思分明说自己拿吧。

　　在拿醋瓶的当儿，我瞟了瞟她手中的报纸，蓦地，《寻找爱情》映入我眼帘。刹那间我一阵激动，想不到我第一次发表的作品就如此吸引这位漂亮的女士。

回到座位时，我有点儿飘飘然。我这篇《寻找爱情》讲的是一对纯情男女的浪漫爱情故事，虽说只有几百字，但构思极为巧妙（自以为是的），尤其是那出人意料的结尾，肯定是让这位漂亮女士着迷的。接下去我又想是否要过去跟她说这篇小说的作者就是我？对，这样跟她说吧，我就是这篇小说的作者。我是经过十年的艰辛才写出来发表的，请您多多赐教！于是女士肯定会带着崇敬的心情问我的创作经历。我又朝周围望了望，在这样的氛围里与一位漂亮的女士交谈是令人愉快的。没准儿还会有新发展，没准儿她会成为我的红粉知己。

我想着又朝她那边瞅瞅，只见她从一只精致的手袋里掏出一把小巧的旅行剪刀，小心翼翼地剪起报来，这更使我感动不已，因为我想到了著名诗人汪国真。汪国真之所以能成名，其主要原因是有位少女就是用这种剪报的方式专门收集汪氏的作品，后来那少女又把所剪的汪氏作品整理成集出版，汪氏名声大噪。而眼前这位女士也在收集我的作品了。虽说这只是我的处女作，但以后我肯定会一篇接一篇发表，这女士也肯定会一篇接一篇收集。顷刻，我热泪盈盈，忙用手揩揩眼窝，极力控制住自己激动的情绪。等我稍稍平静些再抬眼瞅她时，她的座位却已空了，报纸还留在桌上。我过去一瞧呆了，我的《寻找爱情》并未剪去，剪去的是旁边一小方块。我赶忙回身拿起自己所买的报纸，原来是一则征婚启事。

征婚启事这样写道：某男，身高 1.78 米，未婚，大专毕业，现于某全民事业单位工作，爱好文学，身体健康，作风正派，家有住房，煤卫设备全齐。欲觅性情温和容貌姣好的年轻女性为伴。有意者请来信寄××收转。

哼，千篇一律的广告。我扔下报纸走出了餐厅。

初恋的印象

新婚的妻子很美，我很想为她画幅像，以表示永久的纪念。于是，我放好画架，让妻子斜靠在沙发上。

室内非常宁静，光线有点暗淡。这样的氛围，让人有种幽远朦胧的感觉。

我的潜意识里仿佛有某种东西蠕动着，促使我想画。而当我面对妻子细看时，又觉得创作欲望不太强烈。怎么回事？

我画了好几张，觉得没把妻子的神韵画出来。而我的潜意识又在推动我画，并感到她线条流畅，轮廓清晰，眼神充满着诱惑，仿佛要把我引向一个遥远的地方……画了一下午，还是没把妻子的神韵画出来。

妻子看了画以后，并没说什么。她只是默默地把画放好。我感到有点对不起她，但又不知毛病出在哪儿。顿然，我有些心灰意懒。

几天后，我带妻子去看市美协为我举办的个人画展。展览大厅里挂出了我十年来创作的精品，其中包括那幅曾被誉为能与安格尔的《泉》媲美的《初恋的印象》。

画展很轰动。人们评论我擅长画少女，尤其是少女那种清纯脱俗的气质表现得很有艺术魅力。

我不否认这点。

于是，又有人说画家一定接触过许多少女，画家是位恋爱专家，画家对少女的心理把握得极有分寸。

对此，我淡然一笑。不过我发现，在整个看画过程中，妻子一句话也没说。她只是一幅一幅专心地看。

回家路上，妻子还是没有说话，她变得很沉默。

我想听听她对画展的评价，就问："你觉得画展怎么样？"

她正在低头想着什么，听我一问，竟有些莫名其妙地反问："什么怎么样？"

我有些扫兴，"你没有听我说，算了。"

回到家里，妻子立刻拿出我为她画的那几幅像，看了好长一会儿，然后坐在沙发上发呆。

看她这样子，我心里有些慌了。我坐到她身旁摸摸她的前额，"你怎么了，不舒服？"

她拉下我的手，看了我一眼说："画展上的少女全是一个人。"

我的心猛地一跳。我觉得我的心好久没这样跳过了。

妻子说："我看了每幅你所画的少女。我有一种感觉——那少女身上倾注了你所有的感情。以后，每当你一提起画笔，你就会不知不觉地画她，即使你闭上眼也能把她画下来。当然，你在画我时也在画她，不是吗？这是一种深刻的印象。其实你所有的作品就是那幅《初恋的印象》。"

妻子忧郁地说着，泪水顺着面颊慢慢地流淌下来。

"你跟我结了婚，但你却在想另外一个人，是吗？"

我轻轻叹了口气，又摇摇头。我拍拍妻子的肩说："对不起！我让你失望了。其实我无意伤害你，我只是……"

"那你干吗要跟我结婚？你跟画中那少女结了婚不就得了。"

我心里很伤感，泪水也禁不住流了出来。我又叹了口气说："你想听吗？"

妻子没有出声。我又拍拍她的肩，似安慰她，又像安慰我自己。

十年前，我刚开始学画。那时，我常到街上去画人物速写。当时有位少女也常来看我画画。那少女很美，就像一朵清新脱俗的百合。有天她突然问我能不能给她画一幅。我看了她一眼，点点头。

画完后，她看了很满意。她说："你很有才华，为什么不上美院？"

我说我很穷，没条件上学。以后，我们就慢慢熟了。每个星期天，她都会来找我画画。有段时间，我很苦闷，因为我的人体画长进不大。有天我们谈了模特儿的事，我说我没有模特儿。说着说着，她竟脸红了。之后，一连两个星期她都没来。我很想去找她，可又不知她住哪儿。当时我觉得自己真浑，和她相处这么长时间，竟连她住的地方都不知道。

可有天她又来了。一进门，她就把门窗关好，并开始脱衣服。

我吓了一跳，"你干吗？"

她红着脸说："让你画吧。"

我慌了，拒绝道："不行，这怎么可以？"

她怔怔地看着我，"你不喜欢画我？"

我摇摇头。

"那为什么？你不是渴望画人体吗？"

"我是说我不能……"

她突然哭起来，"求求你，你一定要画，我要离开你了。"

我又吓了一跳，"你要去哪儿？"

"你别问了，快画吧。我好喜欢你，你是有才华的，你一定会成为画家。求求你了，快画吧！"

我从来没哭过，哪怕是最苦的时候。可那会儿我的泪水像决堤的洪水滚滚而下。一连几天，我完全沉浸在创作的激情中。我忘掉了周围的一切，只是拼命地画。我把全部的感情都溶化在对她的创作中。此后，她……

这时，我已泣不成声。

"她死了？"妻子哽咽着问我。

"以后我才知道，她得了白血病。"

妻子紧紧拥着我温柔地说："原谅我！记住她吧！让我和你一起记住她吧！"

我也紧紧抱着妻子，心里充满感激。这时，我忽然感到妻子的形象也清晰起来。

爱情花园

　　一个阴雨蒙蒙的早晨，天湖市副市长蓝雅芳独自来到城市西端的老街——小西街。刚进街口，蓝雅芳便关掉手机，撑起一把蓝底儿上缀满白色小花的雨伞，在这蒙蒙细雨中慢慢走着。

　　小西街太老了，就像一位衣衫褴褛的老妇，蓝雅芳简直不敢认了。但这毕竟是自己长大的地方，她对它有着特殊的感情，尤其是在这小西街的小花园里，曾留下了她少女初恋的梦。而今这小西街一带要夷为平地，将建造大型的立交桥。这是市里规划的，她作为主管城建的副市长当然知道。可几个月前当城建部门把报告和设计方案递交上来时，她却找个理由给搁下了——她说这一带可以建个中心花园。城建部门有关专家告诉她，在这一带建造立交桥将大大缓解我们这个城市交通拥挤的状况，对本市的经济发展大大有利。

　　当时，她听后有点气愤，就说："为什么一定要在这一带建立交桥呢？"

　　城建部门的人又告诉她说："这是设计立交桥的人看中的地方。设计者是一位刚从国外回来的桥梁专家，他以前是在这个城市长大的。"

　　她有些不耐烦地摆摆手。

　　蓝雅芳自己也知道，立交桥一定要建。她之所以迟迟不肯在报告上签字，主要是自己在感情上割舍不掉。她沿着小西街慢慢拐进一条弄堂，这是她小时候居住的地方，原来的住户大多已搬走了。穿过弄堂，就进入一个小花园。据说，这里曾是一个大户人家的宅基。小时候，她常和一些小伙伴在假山上捉迷藏、过家家、玩打仗……那是个纯真的年代。有十几户人家住在这条小弄堂里，谁家炖肉或烧鸡或烤红薯，整条弄堂都弥漫着香味，大伙儿便像过节一样拥向那里。

蓝雅芳走进小花园，一眼就看见了那棵紫藤树，这是她和她心中的那个人一起栽下的。这么多年了，当时的情景还是那么清晰。那也是个阴雨蒙蒙的春天的早晨，已成为军人的她和他相约来到小花园，栽下了这棵紫藤树。这是他们爱情的信物。那时候，战事很紧。他告诉她，他所在部队要开赴前线。她说她也要上前线。他又说，等那场自卫战结束，他就来这儿和她相会。可战争结束后，当她带着满身创伤和希望回到这个城市时，他却没有来。

紫藤树一年比一年粗壮，紫藤花开得好清香。蓝雅芳成了这个城市的副市长。每年除了繁忙的日常工作，她总会抽时间来看看小西街，来看看紫藤树。而每次来都有一些变化，比如说一些旧时的邻居相继搬迁了，一些老人相继过世了，一些违章建筑占据了街道和小花园。她还听到街坊邻居的议论，什么某个贪官被抓了，某厂长把工厂弄垮了，许多工人下岗了等等。可这棵紫藤树倒还在。有那么一两次，几个居民好像认出她是谁，便走到她眼前，问她是不是市长，她只好说是的。于是有人责问她，小西街为什么还不拆建，许多房子老得快倒塌了，雨天漏水不断……她说快了快了。这以后，她便改在晚上来。有时，小花园有人，她便站在远处望望紫藤树。有一次，她是和十六岁的女儿一起来的。在紫藤树旁，她竟给女儿讲了两个相爱的青年栽下这棵紫藤树的故事。女儿用异样的眼神看了她好一会儿，问："妈妈，那个女的是不是你？那男的是不是你的初恋情人？妈妈，没想到平时有板有眼的你还有这么浪漫的故事……"她被女儿问得脸都红了，好在晚上不大看得清。她连忙否认："瞎说，没这回事。"

蒙蒙细雨中的小西街潮湿又温馨。雨中的紫藤树仿佛在吹奏一支远去的古老恋歌，忧伤又缠绵。这是她心里唯一保留的东西，而如今这里的一切将要夷为平地，她怎么舍得？有时候她真感到无所适从，有种孤立无援的感觉。无数次她在心里呼唤……

出来时间久了，该回去了，市里有一大堆事等着处理呢。蓝雅芳回身刚想走出小花园，这时从弄堂里迎面走来一位男子。男子的年纪也在五十岁左右，他撑着一把黑色的雨伞，身姿挺拔。在他们相遇的一刹那，他们不约而同地停住了。

"雅芳。"男子先叫了一声，眼里充满惊喜。

"林骏，是你吗？"多少年了，"林骏"这个名字蓝雅芳在心里不知呼唤了多少遍，可她从没当着人的面叫过，而此刻她终于叫出来了，为此还不敢肯定。

"雅芳，是我！"

蓝雅芳的眼眶一下湿润了，她真想扔掉雨伞扑进他怀里。然而，她没有动。她毕竟是有丈夫有孩子的女人，少女的任性和冲动已经是相当遥远的事了，她应该克制自己。她只是静静地望着他。一会儿，她说："这么多年了，一直没有你的消息……"

他说："我在那次战争中失去了一条腿，我怕见你。此后，一个偶然的机会我到美国装了假肢，并在那里生活了二十年。可这么多年了，我总想回来，这里有我的牵挂。"

她感到心痛，说："是吗，你装了假肢？"

他点点头，说："是的。"

她问："你就是从国外回来的那位桥梁专家？"

他反问："你就是那位迟迟不肯在报告上签字的蓝市长？"

他们都笑了，笑得很温馨。此时，一切语言都无法表达他们内心的情感。他们站立在小花园里，默默地望着细雨中的紫藤树。

一个月后，小西街被夷为平地。又不久，一座大型的立交桥诞生了。

爱情坐标

　　秋天里的一个周末之夜，天湖市广播电台"心海夜航"热线电话节目主持人爱妮接到一位少女打来的电话。电话里的少女询问爱妮有关爱情的问题。少女说她爱上了一个有妻室的男人。少女还说她很爱那个男人，可又觉得对不起她所爱的那个男人的妻子。少女无法摆脱爱的缠绵，她正处于感情和道德的十字路口……

　　爱妮听了少女的倾诉，沉默了一会儿，说："这个问题让我想想再回答你，请你下个星期的周末再打电话来，好吗？"

　　少女也沉默了一下，说："好的。"

　　挂了电话，爱妮陷入沉思。想想，想什么？刚才电话里那位少女问爱妮该怎么办。怎么办？其实爱妮自己也很茫然。以前爱妮总会用道德的标准去衡量感情，可现在她自己也处于感情的困惑之中，她的家庭也面临破裂的危机，因为她知道她的丈夫有外遇……

　　那是半个月前的一个夜晚，爱妮主持完节目回家。不知为什么，那天爱妮没走往常回家的路，而是走了一条岔道。在霓虹灯闪烁的岔道口有家夜宵店，店内灯光朦胧。透过夜宵店的玻璃橱窗，爱妮蓦地瞅到自己的丈夫正坐在里面吃夜宵。丈夫对座是位漂亮少女。少女正拿着什么东西往爱妮丈夫的嘴里塞，其眼神脉脉含情。爱妮顿觉天旋地转。

阳光灿烂的星期天。清晨，爱妮对丈夫说：今儿咱们去芦湖玩，好吗？

丈夫用惊讶的目光瞅了一眼爱妮，问：去芦湖玩？

爱妮撒娇说：我工作太忙，好久没去了嘛。

丈夫不悦地说：是呀，你实在太忙了。

芦湖。湖岸芦苇青青。爱妮与丈夫站在堤岸上望着茫茫的湖面，湖面水鸟在飞行。忽然，爱妮问丈夫说：十年前，你在这儿对我说过什么？

丈夫一愣，问：说什么？

爱妮说：你想想。

丈夫说：我……我说永远……

爱妮忙伸出纤手轻轻捂住丈夫的嘴说：别说了。我工作实在太忙，没顾到你。可我也没想到你会……

丈夫说：爱妮，是我不好。说实话，我很爱你，可我觉得咱们间的距离越来越大了。你现在是主持明星，总被鲜花、掌声包围着，你很少顾及到我。每天你回到家里躺下就睡着。无数次我想跟你交流都不行。爱妮，我……

爱妮紧紧瞅了一眼丈夫，说：那么咱们之间就没法再拉近缩成一个点吗？

丈夫说：你说呢？

爱妮说：你说你很爱我，那么我也要说我很爱你，这不是贴近了吗？让咱们在这儿重新开始，好吗？

丈夫无言以对。

下一个周末之夜，夜空繁星闪烁。

爱妮又接到那位少女打来的电话。电话里的少女问爱妮说：爱妮姐姐，上回我问你的那个问题，你想好了吗？

爱妮温和地对她说：想好了。首先我绝对相信你的感情是真诚的。爱本身没有错，可错就错在你不该爱上一个不属于你的男人。你打电话来问我，是因为你没有绝对的把握，没有足够的自信。对不起，我不想伤害你，而事实上你已经在伤害你自己，要知道，你的爱是不成熟的。

少女说：不管怎么样，我爱他！

爱妮说：可你能保证这种爱会永久吗？一个男人有许多毛病，你能容忍吗？

少女问：什么毛病？

爱妮说：首先他常会发脾气。

少女说：这有什么，是男人总会有脾气，要不然就不叫男人。我喜欢有脾气的男人。

爱妮问：那么他常把臭袜子、三角内裤塞在床底下，你会容忍吗？

少女说：如果是我所爱的男人，我会容忍。

爱妮又问：那么他睡觉打呼噜呢？

少女不出声了。

爱妮继续问：那么你让他去买酱油，他却去了三个小时，让你干等着。回来问他去了哪儿，他说他去了古币市场。喂，你说你会容忍吗？

少女不出声了。

爱妮说：爱，并非仅仅是浪漫。爱更需要宽容。喂，你说呢？

少女还是不出声。

爱妮又说：我们每个人都应该好好确立自己的爱情坐标。你说对吗？你想想吧。

爱妮说完挂上了电话。可没多久电话又响了。电话那端的少女说：爱妮姐姐，我决定离开他了。

爱妮问：为什么这么快就改变了呢？

少女说：爱妮姐姐，你别问为什么，好吗？不过有一点我可以告诉你，那就是刚才他跟我一块儿在听你说话。不知为什么，他听着听着就流泪了，没多久他就走了。我知道，他这一走就不会再找我了。

爱妮说：是这样吗？

少女的声音有些哽咽。少女说：爱妮姐姐，谢谢你！不管怎样，至少你告诉了我我的爱情坐标不在他那儿。我的爱情坐标在哪儿呢？我想我再找找看。

少女说完挂了电话。而这端的爱妮不知过了多久才慢慢挂了话筒。

爱情饼

　　春日的午后，阳光暖洋洋的，居室周围散发着各种花草的芳香。新婚妻子像只快乐的小鸟在房间里飞来飞去的，家具纤尘不染，整个屋子弥漫了温馨的气息。看妻子忙得汗涔涔的，我说你歇歇吧，我去给你做点心吃。妻子温情脉脉一笑。于是，我进厨房弄点面粉，打几个鸡蛋，做了起来。不一会儿，我端着一盆点心和两杯浓浓的果珍走出厨房。妻子拿起香喷喷的油饼咬了一口，说：好吃，这叫什么饼？我说：叫爱情饼。妻子又莞尔一笑。我说：给你讲个故事吧。妻子双手托着下巴，调皮地望着我。

　　我说：这是多年前的事了。有个美丽活泼的女孩第一次和她的男朋友逛街。女孩挽着男朋友的手臂，快乐地逛着，他们几乎逛遍了小城所有的街道和商店。当他们经过一家意大利煎饼屋时，女孩说她饿了，想进去歇一会儿，吃点东西。于是他们就进去了。可当女孩的男朋友买票时，他发现自己没带钱。他就走到女孩跟前，说：真不好意思，我忘了带钱。女孩就摸摸自己的口袋，说：啊呀，我也没带钱。于是他们便"落荒而逃"，可很开心！出了店，女孩的男朋友说：去我的宿舍吧，我会做一种鸡蛋面饼，很好吃的。女孩说：今天轮到我值班，来不及了，下次再去吧。可下次又没去成，女孩是幼儿园的教师，那次女孩到省城参加音乐培训班学习去了。等女孩从省城学习回来，她一直都很忙，也没空去男朋友的宿舍。

可这事，女孩的男朋友一直放在心里。于是有一天，他真的做了好多鸡蛋面饼放在保暖盒里，送到幼儿园去。他想给她一个惊喜！当走到幼儿园门口时，他看见许多人围在那儿议论，中间还有两名警察像在调查什么。他走近只听到一个人在说：……女教师为了救那个横穿马路的小孩，自己被车撞了……那位女教师就是他心爱的恋人，他手里的鸡蛋面饼还热着呢！

　　讲到这儿，我瞧瞧妻子，只见晶莹的泪水从她脸颊流淌下来。好一会儿，妻子突然问：有没有她的照片？我点点头，说：有。妻子说她想看看。我拿出我珍藏了多年的前女友的相片给妻子看。妻子看着，并轻轻抚摸着相片。

　　一年后，在我们的结婚周年，妻子做了我曾做过的"爱情饼"，并把我以前女友的相片放在桌上，点燃蜡烛，说：让我们一起吃爱情饼吧！听了妻子的话，我热泪盈盈。

爱情诙谐曲

　　艾丽一上车就瞅见一个跟自己年龄相仿的漂亮女孩正与男友旁若无人地说笑亲热，女孩还不时把自己的脸颊贴在男友的脸上说悄悄话。见到这些，艾丽心里就有一种忌妒。再瞧瞧自己身旁的男友，冷冰冰的，木头疙瘩一个，艾丽也无法提起热情来。其实艾丽也很想跟自己的男友亲热亲热，就像过道那边的邻座女孩那样把头靠在男友的肩头温存一番。这趟公共汽车是从县城开往省城的，途中大概有两个多小时，就这么一味呆坐，艾丽觉得很寂寞。而男友在公众场合向来就是这么一副正经相，仿佛跟自己亲热一下就见不得人似的。艾丽也不是没有提示过，譬如用手触摸一下男友的手，可男友的脸立刻发烧似的红起来，还不时抬头张望，怕有什么秘密泄露似的。艾丽想找这么个男友真倒霉，当初自己也不知道看上他哪点。瞧他那个熊样，呆头呆脑的，头发像刷子硬邦邦的，两只眼睛小小的，个头中等偏矮。艾丽左瞅右瞧都不顺眼，为此上车至现在搞得一肚子不痛快。

　　车不停地往前飞驰。艾丽不再瞧邻座的女孩，也不再瞧自己的男友了。艾丽把脸移向车窗，车窗外是阡陌纵横的田野，田野里竖起一个个稻草人，天空有群褐色的飞鸟在盘旋。艾丽想起童年时在田野里拾稻穗常唱的一首儿歌：

稻草人，稻草人，
别叫麻雀啄你的心，
你的心，我的心，
心心相印永不变。

稻草人，稻草人，
咱们一块儿过家家，
过家家，做夫妻，
白头到老永不变。

艾丽想到这儿扑哧一笑，身旁的男友也不知艾丽在笑什么，只好莫名
其妙地瞅着她。

车快接近乌蒙岭了。乌蒙岭上悬崖峭壁，其山势十分险峻，又是县城
至省城途中的一段必经要道。司机们每经乌蒙岭心里就慌兮兮的。由于道
不平，车内的乘客被颠得东倒西歪的。艾丽正好倒在自己男友的怀里。艾
丽想这是个契机，可望得到男友的温存。艾丽闭上眼期待着。而这时，艾
丽听到一声恶狠狠地喊叫："停车，快停车！"

随着车的急刹，艾丽仰起身，只见一个彪形大汉一手持着匕首对准司
机的脑袋，另一手握个手榴弹，手榴弹的引线露在外面。车上的乘客惊恐
万状。彪形大汉说："大家听着，把钱和首饰拿出来放到车门前的手提包
里。放老实点，要不然都完蛋！"

一时间没人敢动。彪形大汉又凶狠地喊："快点！"

车内的人开始按照彪形大汉的要求一个接一个地走到车门前把钱和首
饰放进手提包里，然后又回到自己的座位上坐好。轮到艾丽他们了，先是
艾丽的男友，跟在后面的是邻座女孩的男友，他们先后走近车门前的手提
包。彪形大汉瞧见他俩几乎并排走了，就指着邻座女孩的男友说："你小
子站住，让他先……"话未说完，艾丽只见自己的男友猛地一跃向前扑

去，抓住了歹徒握手榴弹的手，而歹徒的另一只握匕首的手却朝艾丽的男友一扎。与此同时，艾丽又瞧见邻座女孩的男友也扑了上去……

歹徒被擒。而艾丽的男友和邻座女孩的男友都光荣负伤。艾丽和邻座女孩同时在医院里陪自己的男友。不少记者来医院采访艾丽的男友和邻座女孩的男友。其中有记者问艾丽的男友说："当时面对凶狠的歹徒，你首先想到的是什么？"艾丽的男友瞧了艾丽一眼，笑笑说："我想让她瞧瞧她的男友不是孬种。"记者似乎对艾丽男友的回答有些失望，可艾丽觉得心里甜甜的。

记者走后，艾丽的男友和邻座女孩的男友躺在病床上聊天。艾丽的男友说："说实话，当时瞧那歹徒的凶相，我心里也直发毛，压根儿没想什么孬种不孬种的事儿。我扑上去只想抓住他那握手榴弹的手。"

邻座女孩的男友说："是啊，我也这么想，只要抓住他那握手榴弹的手，扭住他的手腕子，让他使不上劲而松开手榴弹，别的就没什么可怕了。可惜我比你慢了一拍。"

艾丽的男友说："哪里哪里，你也够快的，要不我的脑袋怕给他扎个窟窿。"

邻座女孩跟自己男友又旁若无人地说笑亲热起来。艾丽静静坐在自己男友的身旁，并用手去握男友的手。男友的脸又发烧似的红了，还抬眼朝邻座女孩他们瞧瞧。这会儿艾丽一点儿也不生气了。艾丽瞅瞅自己的男友，又瞧瞧邻座女孩，心想：哼，我的男友比你的男友快了一拍！

小屋之恋

　　秋雨绵绵，整个山地湿润又温馨。

　　在开满白色小花的山坡上，一位打着雨伞的青年男子，两眼紧紧望着前方那片无边无际的枫树林。枫树林透红透亮，在这愁绪万千的秋雨里显得既热烈又深沉。

　　男子紧皱眉梢，似在寻找什么。突然，他眉梢一展，脸上有了笑意。紧接着，他快步奔下山坡，走进了枫林深处。

　　当来到一间爬满常春藤的小屋前，他的神情很激动。多么熟悉的小屋！从外表看一点没变，只是他亲手栽种的常春藤比以前更粗壮，枝叶更茂盛。

　　这是曾属于他和她的小屋。他离开它已整整十年。往事如梦。

　　他和她同生长在温和的南方，并在同一所学校念完中学。随后，他考取了南方大学中文系。他梦想成为一名作家。而她却被 H 城的林业大学录取。她喜欢树木，更喜欢森林。她说人只有和森林在一起才知自己在生长。她要在荒芜的土地上造出一片火一般透红透亮的枫树林。

　　尽管他们志向不同，但并未影响他们的感情。相反，感情的丝线紧紧把他们牵在一起。

　　大学毕业，他们来到北方一个偏僻的山区。记得那天阳光特别好，当提着沉重的行李爬上开满白色小花的山坡上，他们很兴奋。眼前虽是一片荒凉的土地，可他们并不畏惧。他们高喊"理想与爱情万岁！"并热烈地拥抱在一起。

在山坡下，他们筑起了一间蓝瓦黄砖的小屋，还在小屋的四周栽上了常春藤……

望着眼前这火一样的红枫林，他喃喃地说：她的愿望终于实现了。

他轻轻推开小屋的门。

屋里没有人。一切与原来的一样，简陋而安宁。他来到书桌前，桌上有两本装潢精美的书，书名是《森林之梦》《红枫林》。这是他的两部代表作，五年前就震动了整个文坛。她一直在注意他的作品。他的心又一阵颤动。他按了下桌上的那架小型录音机，又是多么熟悉的音乐。这是她最喜欢的施特劳斯的《维也纳森林的故事》。音乐又把人带回温柔的往事。

他们在小屋里举行了婚礼。没有仪式，也没有亲朋好友，陪伴他们度过那美妙良宵的就是这《维也纳森林的故事》……

此后，白天，他去附近村里教书；晚上，他就拼命地写作。

她只是没日没夜地干满山遍野播种绿色的种子。没多久，这荒凉的山地里有了生气。她那些种子发了芽，幼苗破土而出。

这时，他的第一部手稿《森林之梦》也诞生了。接着他又写了《红枫林》。

冬去春来，夏去秋来。

他渐渐感到这里的一切是那样单调枯燥。这里没有电灯电话，更谈不上电视，甚至连报纸都没有。而他需要这一切。他还需要闪烁的霓虹灯、迪斯科舞厅和布满流行服装的摩肩接踵的街头。

他感到才思已枯竭，脾气也变得急躁。她却更温柔，她劝他要忍耐，一切会改变的，会有新的转机。

可他更受不了。终于有一天，他对她说："我想离开这儿，要么你跟我走，要么我们离婚。"

一切都无可挽回了，她冷静地说："你要离开就走吧。如果有一天你还想回来，那就来吧。我会一直在这儿的。"

他带着那两部手稿离开了小屋……

现在他又回来了。自从他的作品引起轰动后，他就再也写不出作品了。

他轻轻抚摩那两本书。忽然，内心深处涌上一种激情，这是一种从未有过的激情。他想见她。他转身拉门，门却被推开了。

她走了进来。他们见面了，整整隔了十年。她并没改变什么，还是那样年轻那样秀丽。

她见了他很惊异，"你是……"

他一怔："素芬，我变化那么大，你都认不出了吗?"

她细细看了他一眼，似乎明白了什么："我不是素芬。我是素芬的妹妹素芳。"

他笑了："你和你姐姐真是一模一样。你姐姐呢?"

她脸上蓦然出现一种哀伤："姐姐已经去世了。"

他心头猛地被一击："什么，素芬死了，这怎么可能?"

"是真的。"她沉郁地说，"姐姐是在一年前死的。那时我刚大学毕业来这儿看望她，没想到她病得那么厉害。在这小屋里，她对我讲了许多话。自从你走后，她非常伤心。她把一切精力都投入到植树造林上，这样可以冲淡一些内心的痛苦。每当夜晚，她孤独地在这小屋里深深地思念你。她很爱你，你却离开了她。"

他痛苦地低下头。

"这里的每寸土地都浸透了她的血汗。由于长期没日没夜地苦干，她终于病倒了。检查结果是肝癌。现在这儿已经成了大森林，她成功了，可她又……"

素芳已泪流满面，一会儿她平静了些又说："姐姐临死前对我说，她能长眠于这红枫林中，也心满意足了。遗憾的是她不能再见到你了。这小屋是你和她一起建筑的。在这小屋里，你写出了成名作，这是你们爱情的象征。她说你会回来的。因为只有这儿才是你的根基，你的创作离开了这小屋，就失去了生命力。她要我在这儿等你……"

他再也忍不住了，猛地跑出小屋，在红枫林里失声痛哭。

雨还在绵绵不断地下着，雨水顺着透红透亮的枫叶滴落下来，与他的泪水和脚下的土地交融在一起。

屋顶花园

　　她在那幢十四层的大厦顶上开设了一个音乐茶座，自己兼任经理和歌手。

　　他第一次来时，她就认出了他，走到他跟前笑着说："沉沉，你好！"

　　他很惊异："你怎么知道我的名字？"

　　"我曾在《现代诗刊》上见过你的照片。我很喜欢读你的诗。"

　　他听后淡淡地说："不好意思！"

　　他每隔三天来一次。每次，他总是站在栏杆旁俯瞰整个城市的夜景，对着那点点闪烁的灯火发愣。她很想跟他说说话，可他老是沉默无语。于是，她只好对着他唱歌，并时时从台上走下来，走到他面前唱。她的歌声情意绵绵。

　　有时，他也会盯着她看，看得她心里怦怦直跳。这时她会走调，观众喝倒彩，她心里头却甜滋滋的。

　　有天他来时，她对他说："今天我要唱首新歌给你听。"

　　他仍淡淡一笑。

　　接着，她就唱了。

　　　屋顶花园，屋顶花园，温馨的乐园。今夜灯火荧荧，我在此

等待你，街头人海茫茫，人生如梦幻。梦幻中寻找真实的你，也寻找真实的我。

　　屋顶花园，屋顶花园，爱情的乐园。昨夜咖啡真香，你曾为我加糖，别说伤离情，人生终微笑。微笑中寻找真实的你，也寻找真实的我。

　　这是他随便写在烟纸上的。没想到她会拿去谱了曲，还唱得那么好。他感到很温暖。这回他说了句："你的声音真好听！"

　　她听了很高兴，有些羞涩地说："你要是喜欢，可以天天来听，我免费。"

　　几天后，他带着一个很灵秀的女孩来到茶座。她看到他们立刻一颤。不过她还是很大方地走到他们面前。

　　他就给她介绍那女孩，"这是我的未婚妻。"

　　她听了很难受，歌也没唱好，弄得观众很不满意。

　　他和他的未婚妻一直待到她下班。

　　临走，她歉意地说："真对不起！今晚让你们扫兴了。"

　　他善解人意地拍拍她的肩，"没什么，你唱得挺好的。"

　　这以后，他就不再来了。

　　有段时间，她仿佛失落了什么，很寂寞。于是，她不再唱那首《屋顶花园》了。她又开始唱以前那些歌。

　　过了半年。一个飘着霏霏细雨的晚上，那很灵秀的女孩突然来了。

　　她走到女孩跟前问："好久不来了。怎么，他没跟你一块儿来？"

　　谁知那女孩哭了起来，"他走了，他离开我了。"

　　她听了，也没当回事地说："怎么，被他甩了？"

　　女孩狠狠盯了她一眼，"你胡说什么？他是我哥哥，怎么会把我甩了？我是说他走了，永远走了！"

　　她怔住了。

　　女孩看着她伤心地说："我哥哥曾对我说过，他一直很寂寞。自从第一次见到你，他就有一种说不出的温暖。可他早知道自己得了绝症，不可能跟你在一起。那次，他让我冒充他的未婚妻，你明白了吧?"

　　她的泪水不断地往外涌。

春雨融融

要下雨了。他手拿一把橘红色的伞，匆匆走在大街上。随着急速的脚步，伞一晃一晃的，远远望去，如一团燃烧的火。

刚下火车他就去她宿舍，同宿舍的人说她去和平医院拍最后一场戏了。他这是去给她送伞，顺便告诉她一个好消息。

握住柔滑的伞，就像握住她纤柔的手那么愉快！同时，他又想象着她那两片如雨中枫叶般透红透亮的嘴唇。说真的，相恋这么久，还没吻过她。这倒不是没把握，而是他俩各自忙于事业，很少见面。他和她在心里始终保持一种默契。确实，每次见到她，都想吻她，可每次都克制住了。他把这一吻看得无比珍贵。他想等自己那项"塑料应用工业"的新技术开发成功后，再⋯⋯现在已通过技术鉴定，化工部将全面推广。她听了一定会很高兴，一定会⋯⋯

他走进和平医院。绿色的草坪上围着一大群人。他踮起脚尖往里瞧。啊！他呆住了。随着摄影机的移动，他的心也剧烈地抖动。

下雨了。细细的雨丝在微风中斜斜洒落。她一动不动坐在池塘边的一张靠椅上，整个神情还沉浸于刚才的表演——

她慢慢走向一位双目失明的军人，把头偎在他胸前，嘴里喃喃道："为什么不理我？为什么躲着我？"

军人轻轻摩挲她的秀发。她又慢慢仰起头，清亮的眸子闪着泪花，两片枫叶一样透红透亮的嘴唇紧紧贴住了军人的唇……

导演相当满意，说她恰到好处地表现了少女的纯情。是吗？刚才她确实忘了自己，整个身心都进入了角色。她只有一个念头，把爱毫无保留地奉献给那位在战火中失去双目的军人。可这毕竟是拍电影，何况又是第一次。此时回到现实中，还从未跟男人接过吻的她，脸微微发烫。她想到了他。相恋这么久，也没有……她与他彼此默默相爱着，她也曾想，等拍完了第一部片子……可谁知，这第一部片子，她就献出了少女的第一个吻，而这吻本来是属于他的呀。他知道了，会怎么想？他能理解吗？

雨轻轻地飘洒。一把橘红色的伞如一朵绽开的玫瑰出现在她头顶。她转过身，是他。

"你……你什么时候到的？"

他没有回答，而是心疼地说："看你，全湿透了，也不躲躲。"

"你什么时候来的？"她还是小心翼翼地问。

"刚来。"

他们沿着一条缀满花瓣的小径往前走，彼此沉默着。她想该怎么对他说呢？

还是他先打破沉默，"拍完啦？"

"嗯。你……你看我表演了？"她慌乱地问道。

他点点头。她受惊似的逃出伞下，离他好几步："我拍最后一个镜头，你在场？"

他又点点头。

"你……你不怪我？"

他摇摇头。

她笑了，如一只小鸟欢快地飞回伞下。

伞内，一片橘红色的世界。伞外，春雨融融。

冬天的故事

一场大雪，地面上厚厚的好几寸。

中午时分，罗冰竖起衣领随人流进入一家快餐店。他要了份三明治和一杯牛奶，在一个不太显眼的角落坐下。刚想吃，又觉得没食欲。

"罗冰。"

忽然，他听到有人叫，便转过头去，是同编辑室的李娜。见到她，他心里猛地一紧。李娜在他对面坐下，"怎么？不等我就走了。"

"刚才我有点事先走了。你怎么知道我在这儿？"他有些胆怯地问。

"昨晚你为什么不来，我等了你一夜。"她眼里闪着幽怨。

"我……我去看了一位朋友。"他有点语无伦次，不敢正眼瞧她，"我要去约稿，下午不回编辑部了。"

"你……你等等。"她想留住他。

可他已站起来，慌忙走出快餐店。

大街上很冷。街道两旁的屋檐挂满了晶莹的冰凌花。阳光照在雪地上，反射出刺眼的光芒。

罗冰尽量去看那些茶色玻璃门窗，这样好适应些。人流在玻璃上移动。而罗冰却视而不见。一阵风吹来，他打了个寒战。接着，他好像自己被卷回二十年前的那片迷茫的风雪里。风雪里有位包着红头巾的少女在向他招手。

那少女是冒着纷飞的大雪，赶了一百多里路来到劳改农场的。他正在服刑。看到少女被冻得发紫的嘴唇，他感动得哭了。

少女紧紧望着他，说："罗冰，别灰心！还记得你教我的那首歌吗？"

他点点头。他记得她父母是在寒夜里被造反派打死的。她失去了生活的勇气，跳进了冰河，是他把她从冰河里抱起来。他给她唱了那首歌："一切都会过去，一切都会逝往；过了寒冬腊月，又是明媚春光……"她活过来了，以后就成了他的妻子……

罗冰不知不觉走到了地铁站。站牌上方的石英钟正好两点。他来回踱着，心里很烦躁。他不知该去哪儿。

"去我那儿吧。"他仿佛听到李娜那近乎疯狂的哀求，"我崇拜你！我爱你！我什么都不管，我要你！"

他承认，李娜是个有魅力的女人。他无法抗拒一种诱惑，那是种令人不安而又令人疯狂的诱惑。就在那个初冬的雨夜，在这灯光朦胧的地铁站，他被她的魅力征服了。地铁的呼啸奔驰，把他与她带进了一个燃烧的黑夜里。

罗冰心情焦虑，一种良心上的不安苦苦折磨他。他觉得对两个女人都有愧疚。有几次他想跪在妻子面前求得她原谅，又有几次他想对李娜说我们分手吧。可他什么也没说出来。

罗冰忐忑不安地回到家里。

妻子跟往常一样温存善良地微笑着说："回来啦。"

"嗯。"

"今天怎么这么早？"

"我……"他无力地靠在沙发上，呆呆望着妻子。妻子老多了，黑色的头发中闪着丝丝银辉。顿然，他又羞愧万分，痛苦地闭上眼睛。

妻子拿着一条毛毯轻轻盖在他身上。

他流泪了。

妻子很了解自己的丈夫。她像哄小孩似的："罗冰，你怎么了，别哭！我能为你做点什么？"

他没有回答，只是流泪。

妻子朝窗外望了一眼又说："罗冰，还记得那首歌吗？"接着轻轻哼起来，"一切都会过去，一切都会逝往；过了寒冬腊月，又是明媚春光……"

随着妻子的歌声，罗冰慢慢平静了。他仰起头，望着妻子温柔而又因操劳渐失青春光泽的脸，罗冰的思绪像镜子一般明净，他已明白明天该对李娜说什么。

红玫瑰羞答答地开

小娟和小伟看见街对面的小美正往拐弯角走，于是两人就隔着街喊小美。这时，一辆大型集装箱车正好开过，小娟和小伟只能停下来。可等集装箱车开过后，小美就不见了。

事后，小娟找到小美问干吗不停下来等她和小伟。谁知小美说：我干吗要停下来？瞧你跟小伟那么亲热，要是我停下来，不就妨碍你们啦？

小娟脸红了，说：没有的事，小美！

小美说：还没有呢？两人在大街上手拉手的。

小娟说：那是为了追你！我跑得慢，小伟就拉我一把。小美，我有事跟你说。

小美正赌气，说：我没空！你还是去跟小伟说吧。小美说完跑了。

小娟和小美是一对好姐妹。两人同年出生，住在同一条小巷里，又在同一所学校毕业。毕业后，这两个活泼可爱的女孩又像春天里的两只小鸟扑棱棱地飞进了同一家园艺公司。在公司里，两人干得挺出色，都被评上园艺能手。后来，两人又同时暗恋上了小伟。小伟是刚毕业的大学生，应聘来到了小娟小美的那个园艺公司当经理助理。小伟长得很帅，又聪明能干，公司里好多漂亮女孩都喜欢他。可小伟觉得跟小娟挺谈得来，所以常去找小娟。这样，小伟自然也认识了小美。开始，三人一起去看电影、上音乐茶座、打网球或者郊游，还参加电视台举办的才艺比赛，合作得挺好，并获了奖。而后来不知为什么，三人在一起有点别扭了。譬如，小娟约小美去找小伟一块儿看电影，小美说没劲；而小伟来找小娟叫小美一块儿去游泳，小娟说没空。反正也说不上来，可总觉得哪儿有点儿不对劲。

夏日里，街头的芭蕉花火红的一片。小娟小美正在装饰闹市区的花坛，小伟正用各种色彩艳丽的鲜花"写字"：天湖市人民欢迎您！小伟的各种动作一直没有离开过小美的视线。这时，小美忽然悄悄地对身旁正在插花篮的小娟说她喜欢小伟，问小娟能不能帮忙？小娟反问说：你自己不能去说？小美羞怯地说：我说不出口！小娟看了看小美，好一会儿没有说话，不过最后她还是点了点头。

第二天早晨，小娟从家里出来沿着小巷往街口走。小娟正要去上班，她想等一会儿该跟小伟怎么说，不知小伟是什么意思，最好小伟他……正想着，小娟突然看到小伟正站在街口。蓦地，小娟觉得好紧张！这时，小伟看到了她，便立即跑过来。小娟的脸颊上飞起了一片红晕，她问小伟有什么事，小伟吞吞吐吐说他很喜欢小美，想让小娟帮帮他。

小娟听了一愣。这时，小美正好从巷子里走来。小美看见小娟和小伟站在一起，马上转身就跑了。而小娟和小伟也同时看到了小美，两人便同时喊她，可她却头也不回地跑了。

这下问题有点复杂化了。本来三个人常在一起有说有笑的，如今不管在什么场合，小美看到小娟小伟就躲开。小娟觉得自己挺委屈的。小美却认为小娟不够朋友，出卖了自己。小美觉得自己失恋了，便天天到酒吧去狂饮。小伟却闷头睡大觉。

园艺公司一年一度的评比又揭晓了。小娟、小美和小伟均榜上有名。小美拿着荣誉证书从会场出来，小娟正等候在门口。小娟叫了一声小美。小美见是小娟，就冷冰冰地说：干吗？小娟说：今晚我想请你喝茶，好吗？小美说：我没空！小娟诚恳地说：小美，咱俩一直是好姐妹，算我求你了！

小美没出声。其实，小美也想请小娟去蹦迪。好多天两人不在一起了，小美也很想小娟。小美觉得应该祝福小娟和小伟。小美朝小娟点了点头。

黄昏，城市弥漫了花的芬芳。蓝鸟茶室音乐悠扬，烛光闪烁。小美推开了门，一眼就看见了小伟。小美想走，小伟便跑过来拉住了小美。小美惊讶地望着小伟不知所措。

这时，小娟正站在窗外。开始，小娟看见小伟拉小美坐下，而小美一直板着面孔。接着，小伟就不停地说着什么。过了一会儿，小美好像有些害羞地把头低下了。又过了一会儿，小美笑了。小美笑起来真好看，就像一朵羞答答的红玫瑰绽开了。小娟看到小伟也跟着笑了，俩人笑得很开心！

窗外，小娟也笑了，而她的眼眶里盈满了晶莹的泪水。

婚姻跷跷板

乔茜带着五岁的儿子非非在江边的一家小饭店用了晚餐，便沿着江边慢慢散步。小非非在前面蹦蹦跳跳地采集路边的野花。

刚下了场雨，空气湿润又新鲜。天边有抹橘红色的余晖。江水轻柔地拍打着堤坝，江面上一艘艘帆船缓缓移动。

乔茜本来心情很不好，而此刻郁闷的心里有了些舒展。是的，自从和丈夫吵了一架，至今还未和解，尽管丈夫几次主动跟她讲话，以表示和解；尽管她自己也想和解，可还是没有和解。

乔茜是位漂亮温柔的妻子，她爱自己的丈夫。结婚八年了，他们的婚姻一直很稳定。当然，夫妻间也难免有些磕磕碰碰的事，可彼此间都能谦让，从不吵架。尤其是丈夫与异性接触，对他们夫妻来说都是很坦然的事。丈夫是颇有名气的新锐作家，常收到一些年轻女性表示爱慕的信，而丈夫每次总是当着乔茜的面把信锁进抽屉。乔茜也从不过问那些信的内容，因为她信任丈夫，相信他会处理好这些事情。在他们夫妻间有一种默契，这就像两人在一块跷跷板上，你跷起来，我落下去；我跷起来，你落下去……这是心理上的一种平衡。

可自从那位漂亮也很现代的年轻女性来访后，丈夫一连好几晚至午夜才回家，回到家一副疲惫的样子，躺下就打呼噜。推推他，问他有啥心事，他只说正与别人合作一部电视剧，进行得不顺利……说着就又打呼噜了。瞧他心不在焉的样子，乔茜的心理有些不平衡了：有什么事不能对自己的妻子痛痛快快地说呢？那天，儿子嚷着要上街买玩具，他不肯；儿子大哭大闹，他又打了儿子……这是导火线，把跷跷板的一头炸飞了，失去了平衡。

乔茜抬头看看前面的儿子，儿子正在草坪上捉蝴蝶。她又见到那边的长椅上有对热恋的情侣紧紧依偎着在接吻。

好些日子没有得到丈夫温存的爱抚了，而乔茜又是多么渴望，她和丈夫有快两个月没过性生活了。上个星期六晚上，她已经睡下了，丈夫突然过来猛地搂着她，抚摸她丰满的胸脯……她却推开了他，弄得他很尴尬，结果又在沙发上睡了一夜。此后，他又一连好几个晚上至半夜回家，莫非……

"这孩子是你的吗？"一个男性的声音打断了乔茜的思绪。她抬眼遇到了一个男人的目光，心里有些不自在。

"这孩子是你的吗？"男人重复了一句，又说，"刚才他差点儿掉到江里去了。"这时，乔茜才看到男人怀里的是自己的儿子。儿子显然受了惊吓，一声不响地靠在他肩上。

"非非！"乔茜忙抱过儿子，"真对不起！"

男人说："没什么，以后注意些……"

乔茜对儿子说："快谢谢叔叔！"

儿子伸过头去亲了一下男人的脸，说："谢谢叔叔！"

由于乔茜和男人站得很近，她闻到了一种熟悉的烟草味。这种烟草味她常常在丈夫身上能闻到。不知为什么，她觉得这种烟草味很好闻，心里一阵骚动。

男人又随意地说："孩子真可爱！几岁了？"

乔茜说："再过一个生日，就五岁了。"

他们很自然地边走边交谈。男人很有风度，也非常健谈。乔茜感觉到男人在不时看她，她心里又一阵骚动，这是跟异性在一起时所特有的那种骚动。乔茜想：或许要遇上一次浪漫的感情潮。很久以前，还是在读中学的少女时代，曾有过这种感觉……

"孩子的父亲做什么的？"男人依然很自然，也很平静。

乔茜的心松弛了，她突然为自己的胡思乱想感到羞愧。

"你……"男人停住脚，说，"你有些心不在焉？"

乔茜的脸有点红了。她赶紧搪塞说："没，没！刚才我在想孩子的事。"

男人宽容地笑笑，说："孩子有你这么一位漂亮的母亲，真好！"

乔茜扯开话题，说："你妻子是做什么的？"

男人说："是专业编剧。"

乔茜说："她怎么不跟你一块儿出来散步？"

男人俏皮地说："你不也是一样吗？"

乔茜的心又被刺了一下。男人又说："我们的生活已习惯了，她常为事业而不在家；即使在家，常常是写起来什么都不管，把我扔在一边。不过我能理解她！最近她和新锐作家肖朋合作一部电视剧，我们快一个月没见面了。"

肖朋？这不是自己的丈夫吗？乔茜很想知道丈夫和眼前这个男人的妻子在一起的情况，可她忍住了。她说："你妻子非常漂亮，是吗？"

男人点点头。

乔茜又说："那她跟肖朋在一起，你不怕……"

男人有些诧异地看看乔茜，但平静地说："她很爱我，她不会离开我的！"

乔茜反问："你就这么有自信？"

男人再次惊异地望望乔茜，但他坚定地点点头。

忽然间，乔茜心里有一种内疚，而这种内疚使她恢复了心理上的平衡。乔茜笑了，笑得很灿烂。她温和地对儿子说："非非，快跟叔叔再见，我们回家喽！"

儿子又靠过去，在男人脸上亲了一下，说："叔叔，再见！"

男人说："要听妈妈的话，再见！"

江风轻轻地吹拂。天边有片火红色的晚霞悄悄离去，夜慢慢铺开了那黑色的毯子。

约会试验

　　他俩认识已好长时间，可一块儿出来散步还是第一次。有时他们各自都弄不清楚对方到底对自己怎么样。反正他们的接触挺那个正儿八经的，从未进入过男女间谈恋爱时那种亲昵之状态。

　　黄昏的都市流动着温暖的柔情。他俩沿着大街往前走。一盏盏街灯投下的光束在路面的反射下显现出朦胧的光晕。在这朦胧的光晕里她的身影极优美，那乌黑的秀发上束一条白手绢，白手绢于夜风中轻轻飘起，似一只飞舞的蝴蝶。顿然他心里涌上一股冲动。他真想一把抱住她，吻吻她那两瓣芬芳的嘴唇。可他又不敢轻举妄动，生怕冒犯她。

　　走了好长一会儿，她觉得有点累。他们便来到湖畔的一棵树底下，她靠在树上静静地瞅着他。他被她瞅得很不好意思地低下了头。不远处的一张石椅上有对男女相拥着热吻。

　　她朝那边望望，又回头朝他瞅瞅，眼神里闪着幽怨。他也朝她瞅瞅，再朝那边望望，便用力踢了下脚边的一颗石子。石子飞进湖里，溅起朵朵水花。

　　他说给你讲个故事吧。

　　她微微一笑说好啊。她一直很喜欢听他讲故事。他的故事总是很精彩很吸引人。有时她真弄不明白，这么一个会讲故事的人，在男女间怎么会这么木讷。

他说有这么一个母亲，对她那处于热恋中的女儿说，你跟男人约会时千万别冲动！你得先冷静地观察一下，假如那男人先想碰你，那肯定不是个好东西，得赶紧离开他；不过在没碰你的情况下，也不妨试试，假装想要跟他亲热。要是那男的举动笨拙，局促不安，那你就嫁给他！因为这是过日子的男人，以后什么都会听你的。

讲到这儿，他停了停看她一下继续说，我们来试验一次怎么样？我装着要拥抱你的样子，等我靠近你时，你就赶紧躲开。

她听着，没吭声。

他说你不要怕，我不会真的拥抱你的。我只是做做样子。而你反应要快，这样要是以后你跟别的男人约会，就有心理准备了。

她有些怨愤地瞅着他。

他说你准备好，我喊开始就伸出手来装着要拥抱你，你赶紧躲开。好了，准备，开始！

他伸出了他的双臂。而在他的手臂要碰到她时，事情却发生了变化。她并没有躲开，而是扑进了他的怀里，用手捶打着他的胸膛说你真坏你真坏……

生日快乐

　　白兰已习惯于孤独的生活。作为一个三十六岁的剩女，爱情仿佛是非常遥远的故事了。每天除了上班，要么逛大街，要么躲在屋里看书。生活对白兰来说很少有令她激动的事。

　　下班后，白兰沿着大街慢慢走着。这样多少可以打发一些时间，白兰不像那些有丈夫孩子的女人，下了班就急匆匆赶回家。白兰是独身女人，没这个必要。好几回，白兰也想结束独身生活，然而事情并未如愿以偿。像白兰这种年龄的剩女，对生活已习惯于一种冷漠，试着去改变自己很难。这也许是人们常说的"心理变态"吧。如今的男性喜欢那些会撒娇的女孩。譬如，有次白兰认识一位男士，人挺英俊，又善于交际。白兰颇满意。那男士约白兰去舞厅跳舞。开始，音乐的节奏比较强烈，白兰虽然跳得气喘吁吁的，但显然也被那摇滚乐弄得有点激动了。等到第二支舞曲，音乐的节奏变得缓慢柔和了，只见一对对男女的脸贴得很近。那是段情意缠绵的舞曲，正好让情人在轻柔舒曼的音乐中互诉衷情。那男士也把脸贴近白兰。白兰却立刻作出一种反应——白兰把脸一转以避开那男士的脸。但事情并未就此结束，那男士以为白兰是害羞，于是就温柔地再把脸贴过去。这回白兰没法躲避了，她只好把男士推开。这样一来，舞自然没法跳了。以后，自然什么事也都完了。

暮色降临，华灯初上。

白兰走进一家餐馆。餐馆不大，情调很好，一支萨克斯管乐把餐馆的氛围变得宁静而悠远。白兰在靠窗的一个座位坐下。

服务员似乎与白兰挺熟，一上来就说："还是老样子吧？"

白兰笑笑点点头。不一会儿，服务员端上了面条。白兰慢慢吃着。时间对她并不重要，吃完后回家睡觉，明天一早上班。

这时，一位满脸胡子拉碴的大个男人坐到白兰对面。白兰讨厌男人，懒得看，只顾吃自己的面条。

男人点了好多菜，又要了酒和蛋糕，占了满满一桌。

白兰左右瞅了瞅想换个座位，可已客满，只好将就一下。不过白兰已加快吃面的速度。

男人似乎看出了白兰的心思，歉意地说："不好意思，占了这么多地方。"

白兰笑笑摇摇头。

男人倒了两杯酒，独自啜饮起来。

白兰好奇地问男人说："还有人来？"

男的摇摇头。

白兰问："那你干吗倒两杯酒？"

男的露出痛苦的样子，说："今儿是我生日，以往每年我妻子都会在这儿祝贺我的生日。而今年……"

白兰问："你妻子不来了？"

男的点点头又说："这些都是以往我妻子为我点的菜，现在一点味道也没有。"

白兰问："你妻子？"

男的说："我们离婚了，她又嫁人了。"

白兰说："真对不起！我不该……"

男的说："没关系。我是个水手，长年在海上漂泊，一直不能照顾她。我欠她的实在太多。"

一时间气氛很凝重。白兰忽然觉得自己很同情坐在对面的男人，想找些话安慰安慰他，可又不知说什么好。白兰看到桌上那杯酒，就拿起来，说："可以吗？"

　　男的有点诧异，静静看了白兰好一会儿，才点点头。

　　白兰真诚地说："祝你生日快乐！"

　　男的很感动，说："谢谢！也祝你生日快乐！"

　　白兰不解地问："祝我？"

　　男的诚恳地说："我不知道你哪天生日，不过这无关紧要。我衷心祝你快乐！"

　　白兰也好感动，说："谢谢！"

　　两只酒杯碰在一起，夜色无限美好。

咫尺天涯

地铁站。人头攒动。

他来到站牌前瞅了瞅上方的时刻表，离地铁进站还有十几分钟。他环顾四周，想找个座位歇歇。大约四五米处有张靠椅还空出一截，他便走过去。快要接近靠椅时，横里猛地奔来一位少妇。少妇还拉着个小男孩。

他跟少妇几乎是同时到达座位边的。然而，他们并没有争座位，他们彼此已认出了对方。

"是你?!"少妇没想到会在这儿碰见他。八年前她在故乡的机场送他去日本，她觉得为了他的前程牺牲自己是值得的。几年后她又嫁到了这个陌生的城市。他和她的关系也已成为她少女时代一个美丽又惆怅的故事了。

"你好吗?"看到她，他内心很复杂。眼前这曾使他朝思暮想的她比以前多了份成熟的风韵。他们曾相恋了整整五年。然而为了去日本，他狠狠心跟她分了手。作为自费留学生，他在日本苦苦挣扎了几年。他曾发誓，等站稳脚跟，就接她去日本，可身在异国他乡，哪有他想象的那么简单。反正他在日本是尝尽了人间的辛酸，过着寄人篱下的生活。

"这些年你过得怎样?"她问道。

"还好。"他尽量掩藏起创伤，且摸摸小男孩的头，说："你的孩子?"

她点点头，对孩子说："叫叔叔。"

"叔叔好！"

"真乖！"他又亲切地摸摸孩子的脸蛋。

在他跟孩子说话时，她细细地打量他。他瘦了，满脸胡子拉碴。她记得他以前是不留胡须的，她的小姐妹都喊他"奶油小生"。再瞧他的眼睛，里面似乎贮满了许多无法诉说的东西。

她又道："你是什么时候回国的？怎么会到这个城市来？"

他说："回来没几天。到这儿是为了签订一份贸易合同。"

"你在经商？"

他勉强地点点头。

"看来你在日本混得不错。娶了日本太太吧？"

他紧紧瞅了她一眼，道："我还没结婚。"

她的心仿佛被什么扎了一下，说："你干吗不结婚？"

他苦笑道："忙不过来。"

这时有两列地铁同时进站。

她赶忙问："你什么时候回日本？"

"我得马上走。"说着他伸出手，"愿你永远快乐幸福！"

她把手放进他的掌心，说："多保重！早点结婚吧！"

他俩紧紧握了握手，踏上了两列方向相反的地铁。地铁同时开出，刹那间交错而过。

他坐在靠窗的座位上，轻轻吻了吻掌心，自言自语道："我还回日本吗？"

其实四年前她结婚的那一日他就回国了。他在这个城市已住了四年。

温馨的圈套

夏天的时候，我们这条街上栀子花开得好清香。

黄昏，白小丽约我出去散步。街头凉风阵阵。霓虹灯闪烁。我们走至街心花园，见一群人围了个圈。圈内有人玩套圈。我们知道这是小芳摆的摊。小芳跟我、白小丽是一条街上长大的，又是中学同学。小芳如今是颇有才气的女诗人，摆摊是体验生活。

我朝圈内瞅瞅，见有人两指夹着藤圈正对准目标。目标挺可爱的，有精美的瓷花瓶、瓷娃娃、瓷马、瓷猴、无锡小泥人、宜兴紫砂壶，还有五颜六色的易拉罐等。白小丽推推我，说："玩几下，怎么样？"

我说："好的。不过有个条件。"

白小丽问："什么条件？"

我凑到她耳边，悄悄说："要是我套住最远那个爱神丘比特，你嫁给我。"

白小丽说："你行吗？要真套上了，我就嫁给你！"

我伸出手，说："一言为定！"

白小丽轻轻拍了一下，说："一言为定！"

我挤到小芳跟前，把"赌约"说了，小芳瞅了我一眼，拿出十只藤圈给我，说："套吧。"

藤圈一只只从我手中飞出，飞向爱神丘比特。有几只差点套上，结果又跳了出来。一旁的观众也觉得可惜。十只藤圈扔完，均未中。我向小芳和白小丽摊摊手。

白小丽讥笑说："你真笨，还想要我嫁给你，再练练吧。"

我挺尴尬。小芳说："你要真有心，每天都来套。"

此后每天傍晚，我都上小芳那儿套圈。有时我跟白小丽一块儿去，有时我自个儿去。有几次差点真套上了，可那圈儿在"爱神"头上弹了好几下，还是跳了出来。我瞅瞅小芳，露出失望的神色。小芳又说："别泄气，再套。"

一个月过去了，两个月过去了，我还是未套住爱神丘比特。秋天，我们这条街上又飘满了鸢尾花的芳香。这时我见到白小丽有了别的男朋友。

一天，我又去套圈。收摊后，小芳对我说："你知不知道，今天白小丽结婚？"

我痛苦地说："知道。还知道白小丽去北京度蜜月了。"

小芳突然问："白小丽不要你，你要不要我？"

我默默注视着小芳，小芳的脸红扑扑的。我猛地搂住了她。

我和小芳结婚那天，小芳说："我要告诉你一个秘密。"

我问："什么秘密？"

小芳说："其实白小丽早有了男朋友，她是帮我的。那圈儿的口子跟爱神丘比特一样大小，你套一辈子也套不住的。本来嘛我就没打算让你套中。"

我说："是吗？其实我早知道了，你故意设圈套让我钻。可你知道吗？中学毕业时，我已经喜欢上你了，我不敢向你表白，我一直把对你的爱藏在心里。为了接近你，那次我是故意跟白小丽打赌的。本来我也没打算套中那丘比特。"

小芳跳起来，说："你真狡猾！没想到我反而钻了你的圈套。不过……"

我追问："不过什么？"

小芳深情地瞅着我，轻轻说："不过这个圈套很温馨。"

我在地铁站等你

每天他坐地铁上班。

他是在春天里的地铁站遇见她的。那个时期正是苹果花盛开的季节，空气中弥漫着苹果花的清香。早晨，他正在地铁站等车。蓦然间，他看到了对面的她。他好久没见到过这么好看的女人了，她穿着一件苹果绿的风衣，那洁白的脖子上围着一条淡黄色的丝巾，白皙的脸颊上泛起淡淡的光泽，高雅中又不失妩媚。她的出现，使他每天在那种单调的等待中突然有了清新的感觉。

地铁来了，他上去时还从窗口望她，只见她上的是跟他方向正好相反的地铁。地铁启动了。刹那间，两列地铁交错而过。而正是在这刹那的交错中，他透过车窗，看到她朝他微微一笑。这是个美好的早晨。他坐在地铁中这么想。

他是两年前从南方的某个小城应聘到这个大都市的。他做的是广告设计，原以为在大都市会有一番作为，现在看来并非如此。因为在大都市里，人际关系相当复杂，人与人明争暗斗更厉害，他的好多设计方案不是被否定，就是被别人所用；大都市里又相当拥挤，人像一群群蚂蚁那样生活着，一不小心就会被踩死；还有大都市住房相当紧张，租房相当贵，他只有在郊区租农家房……两年来，他苦苦挣扎着。

翌日，当他出现在地铁站时，他又看见了对面的她。当他和她同时登上两列方向相反的地铁，他和她都不约而同地相视一笑。又是一个美好的早晨。他坐在地铁中这么想。

　　以后每天早晨，当他准时出现在地铁站时，他就会看见对面那个穿苹果绿风衣的她。当他和她同时登上两列方向相反的地铁时，彼此都会不约而同地相视一笑，仿佛同时在向对方说：我在地铁站等你！于是城市和城市的人在他眼里也变得亲切美好起来。每天一走进公司，他觉得浑身有使不完的劲儿。他首先在公司里顺利地处理好人际关系，并获得了上司的信任。不久，他设计的广告牌频频出现在城市的中心地带，不断引起人们关注，并连续获得大奖，他还被提升为部门主管……

　　每天她坐地铁上班。

　　她是在春天里的地铁站遇见他的。那个时期正是苹果花盛开的季节，空气中弥漫着苹果花的清香。早晨，她正在地铁站等车。蓦然间，她看到了对面的他。她好久没见到过这么英俊的男人了，他穿着一身深蓝色的牛仔服，留着长发，满身透出一股艺术气质，刚毅中又不失宽容。他的出现，使她每天在那种单调的等待中突然有了清新的感觉。

　　地铁来了，她上去时还从窗口望他，只见他上的是跟她方向正好相反的地铁。地铁启动了。刹那间，两列地铁交错而过。而正是在这刹那的交错中，她透过车窗，看到他朝她微微一笑。这是个美好的早晨。她坐在地铁中这么想。

　　她是两年前从北方的某个小城应聘到这个大都市的。她做的是化妆品推销，原以为在大都市会有一番作为，现在看来并非如此。因为在大都市里，人际关系相当复杂，人与人明争暗斗更厉害，她的好多推销方案不是被否定，就是被别人所用；大都市里又相当拥挤，人像一群群蚂蚁那样生活着，一不小心就会被踩死；还有大都市住房相当紧张，租房相当贵，她只有在郊区租农家房……两年来，她苦苦挣扎着。

　　翌日，当她出现在地铁站时，她又看见了对面的他。当她和他同时登上两列方向相反的地铁，她和他都不约而同地相视一笑。又是一个美好的早晨。她坐在地铁中这么想。

以后每天早晨，当她准时出现在地铁站时，她就会看见对面那个穿深蓝色牛仔服的他。当她和他同时登上两列方向相反的地铁时，彼此都会不约而同地相视一笑，仿佛同时在向对方说：我在地铁站等你！于是城市和城市的人在她眼里也变得亲切美好起来。每天一走进公司，她觉得浑身有使不完的劲儿。她首先在公司里顺利地处理好人际关系，并获得了上司的信任。不久，她推销的化妆品在这个城市流行起来，不断获得都市女性的青睐，并连续创下推销新纪录，她还被提升为部门主管……

补叙一：半年后，他又应聘出任南方一个大都市的大型广告公司总设计师。每天他还是坐地铁上班。每当他来到地铁站，他希望会出现一个穿苹果绿风衣那样的女人。他总在心里默默地呼唤：我在地铁站等你！

补叙二：半年后，她又应聘出任北方一个大都市的大型化妆品公司总经理。每天她还是坐地铁上班。每当她来到地铁站，她希望会出现一个穿深蓝色牛仔服那样的男人。她总在心里默默地呼唤：我在地铁站等你！

夏日最后一朵蔷薇

海滨机场。一架大型波音 747 客机徐徐降落。

宏野满面春风地钻出舱门，快步走下舷梯。

然而，在出口处，宏野四周顾盼，却没有见到他日夜想念的小女孩。

宏野徘徊了一阵，决定按信上的地址去找她。

这是一座很旧的大宅院。四面长满了蔷薇花。

站在门外，宏野很激动。马上就要见到那天真纯洁的小女孩了，曾是她给了他生活的勇气。他的手颤抖着按响了门铃。开门的是位中年妇女。她好奇地打量着这位异国人："你找谁？"

他礼貌地鞠躬，一口流利的汉语："对不起！给您添麻烦了。我从日本来，找一个姓夏的小姑娘。"

妇女摇摇头，"这儿没有姓夏的小姑娘。"

宏野很惊异："这怎么可能，她写信的地址明明是这里。"

"她叫什么名字？"

"她叫夏蔷薇。"

妇女摇摇头："这儿只住着一个姓夏的女人，两年前才搬来的。"

宏野急切地问："那她在吗？"

"不在。她出差了。"

宏野满腹疑团地离开了……

黄昏。夕阳如血。

一座古老的寺院里开着无数艳丽的蔷薇花，而大部分已凋谢。

宏野正于这片残花丛中踯躅。

两年前，经横滨医院确诊，他患了癌症。这对于刚升任横滨大学历史系教授的宏野来说，实在太残酷了。在生命的旅途上，他刚走过三十五站。

他觉得自己在人世的日子不多了，为此，决定来中国了却一桩心愿。当把一对精美的古瓷瓶交给海滨市博物馆时，他对负责人说：

"这是当年家父随日本军队侵略中国时所得。此后，每当家父望着它们，内心满是愧恨。家父耻于双手沾染过中国人民的鲜血，一直不敢再来中国。"

"临终时，家父嘱咐我，无论如何一定要把这对瓷瓶归还给中国，并代其请罪！"

宏野归还了瓷瓶，又来到这座寺院，在佛祖面前跪下，替父亲请罪。

正当夏季。寺院里的蔷薇花已开始凋谢，地上铺满了片片花瓣。望着这景象，宏野又想到自己的命运，不禁凄然泪下。

"叔叔，你为什么伤心？"

他回头一看，是个十三四岁的小女孩。小女孩有一双亮晶晶的大眼睛，那粉红色的脸蛋上仿佛在叙述一个优美的童话。

宏野觉得她很可爱，但他无法向她说明为何伤心。他抚摩着她的头问："叫什么名字？"

"夏蔷薇。"

"蔷薇，好美丽的名字。"

"叔叔，你流泪了，为什么伤心？"

"那是因为叔叔看到这些花谢了，很可惜啊！"

"叔叔，没关系。花谢了，明年还会开的。"

"可叔叔要走了，再也看不见了。"宏野忽然紧紧拥抱着小女孩。

"叔叔，你家在什么地方？"

"叔叔的家在很遥远的日本。"

夏蔷薇似乎在思索什么。一会儿她问："叔叔，以后你还会来吗？"没等宏野回答，她又说："叔叔，要是你以后来的话，我会送你一朵永远不谢的蔷薇。"

宏野被深深打动了，他说："会来，一定会来！"

他给了夏蔷薇一张名片。

回国后的第三个月，宏野的病情开始恶化。这时，他收到夏蔷薇给他的第一封信。

信很简单，只有短短几行：

宏野叔叔，您好！

我天天在盼您，盼望您再来中国。如果哪天您再来中国，我一定会实现我的诺言，送您一朵不谢的蔷薇。

夏蔷薇

宏野再次被这位真诚的中国小女孩感动得热泪盈眶。他只好写信告诉她实情，说他不能再来中国了。

没想到一星期后又收到夏蔷薇的快件。信中鼓励他要顽强地与疾病作斗争。并说："您不会死的，绝不会！您还会再来中国，一定会的！"

此后，几乎每个星期都会收到夏蔷薇的信。

这些信又唤起了宏野对生活的渴望。他重新振作起来，与死神作斗争。经过手术和治疗，他终于摆脱了死神。

宏野站在行将凋落的蔷薇花丛中，内心百感交集。他多么渴望见到夏蔷薇，那美丽可爱的中国小女孩是他心中永不凋落的蔷薇。

正当他要步出寺院，迎面走来一位身着白色丝绸衣裙，脸庞非常秀美的年轻女人。她手握一朵粉红色的蔷薇花，在这殷红的晚霞里，显得那么圣洁高雅。

宏野一愣，她多么像夏蔷薇，难道她就是……

年轻的女人走到宏野跟前微微一笑："对不起！请问，您是不是宏野先生？"

"是的。您是？"

"我是蔷薇的母亲，刚出差回来。"

宏野立刻惊喜起来："是吗，太好了！小蔷薇呢？"

年轻的母亲突然流下了泪。她非常悲伤地说："小蔷薇因先天性心脏病已经去世两年多了。"

宏野猛地怔住了。

年轻的母亲把手中那朵粉红色的蔷薇花郑重地交给宏野："这是小蔷薇在生命的最后一个星期里亲手做的。她说她跟您约好……"

年轻的母亲猛地转身靠在一棵树上抽泣。

宏野声音颤抖地问："那么那些信都是您写的？"

她点点头哽咽着说："这也是小蔷薇的愿望。"

夜幕缓缓降临。古刹静谧。

宏野却一动不动地望着手中的蔷薇，嘴里喃喃地说："蔷薇，永不凋谢的蔷薇……"

不灭的风灯

　　冬夜，雪花飞舞。H 城开往 C 市的 53 次列车正在原野上奔驰。

　　外面是白茫茫的世界。我靠在车窗上，一种复杂的情感在我内心涌动。

　　列车将经过我的第二故乡柠城。

　　"呜呜——"多么熟悉的汽笛声。列车要进入隧道，同时也把我带进了记忆深处。

　　岁月悠悠。四十年前，还是这样的雪夜，父亲和母亲带我从大都市来到柠城小站。那是个破陋的小站，墙上爬满了青苔，四周一片荒凉和寂寥。铁轨裸露在原野上，像是光脊背的穷汉，被风雪吹得难受，不断地扭曲着身子。

　　一盏风灯在屋檐下跃动着火苗。我想起都市里的霓虹灯，就说："爸，咱为啥不住在城里？"

　　父亲拍拍我的头："孩子，这儿需要党员。"

　　"世上就你一个党员吗？"

　　"不，爸是其中的一个。"

　　从那时起，父亲每夜都手提那盏风灯在站上来回走动。无数次列车就在父亲的风灯旁隆隆驶过。

日子平平淡淡。站前那棵树绿了又黄，黄了又青。突然有一天，站上贴满了标语。继而，父亲被撤了站长，开除党籍。但父亲每天仍习惯把那盏风灯擦得锃亮。

后来，父亲平了反。上面来人落实政策，说要给父亲补发工资，并分给一套住房。时来运转。而父亲却说："我啥都不要，就要党籍和工作。补发工资作为十年的党费。"说完提起那盏风灯上站去了。

我恼火了。晚上等父亲回来就说："爸，您也得为咱家想想。我三十多岁了，还没成家。再说您和妈也老了，该享享福了。这住房还是要了吧。"

父亲摇摇头，"不能要。你瞧站上还没人住新房，我是党员，能住吗？"

"为啥不能？党员也是人。这些年咱家吃了那么多苦，要房子是理所当然的。"

父亲还是摇头，"不能。"

"爸，如今的党员几个像您这样？补发工资交党费，住房不要，老婆孩子跟着受罪！"

父亲却一拍桌子，"混账东西，哪能对你爸这么说话？"

母亲在一旁叹道："你这老头子，还是那脾气，你以为还在战场上？唉，你也老了，该歇歇了。"

我又说："是啊，如今讲实惠了，党员顶啥用？"

父亲突然给我一巴掌，"不许胡说！"他又对母亲说："你也老糊涂了，当年咱们是怎么宣誓的？人的青春可以消逝，但意志信念不能磨灭！"

那夜，我愤然离开柠城。我发誓再也不想见到这冷酷的父亲。而多年后，我也成了党员，我终于理解了父亲，但父亲却已去世了……

"各位旅客，柠城站到了。"女播音员把我从往事中唤醒。

列车缓缓进站，只停五分钟。

我下车想透透空气。过去那破陋的小站已荡然无存，展现于我面前的是个漂亮新站。

站上冷冷清清的。刚走几步，我蓦然站住了。因为我看到前方月台上有位手持风灯的个子不高的老人。雪花飘满了老人那微驼的身子。在车站朦胧的灯影里，老人的脸不太清楚，可他手中的风灯却闪烁着耀眼的光，让人在寒夜里感到无限的温暖。

这时，老人也似乎看到了我，他开始朝我走来。

望着走来的老人，我渐渐看清了，我的情感突如潮水般奔涌。我轻轻叫了声："妈！"

老人站住了，她怔怔望着我，"是吉儿？"

"妈，是我。我出差路过这儿。"我奔到母亲跟前，"妈，您好吗？"

母亲提起风灯细细看我，并泪盈盈地说："好，好，就是想你。"

我内疚地说："妈，原谅我没来得及为爸送葬。"

母亲抚摩着我的手，"你爸不会怪你的。他临死前从报上看到你维护党纪，与腐败分子斗争的事迹，他是笑着去的。"

"妈，已是半夜了，您在这儿干吗？"

母亲望着雪夜深处，深情地说："我每夜都在这儿，就像你爸在这儿一样。"

我的心猛地一阵颤动。

列车又缓缓启动了。我依依不舍地说："妈，原谅儿子的不孝，我走了。"

母亲不再说话，只是点点头。

我跳上车，转身望着雪地里的母亲。母亲举着风灯在向我示意。刹那，我已泪满双颊。

雪花还在满天飞舞。母亲的身影渐渐模糊了，只有那盏闪烁的风灯还很清亮。

秋天有约

　　杜秋丰走进天湖市的时候，正是一个秋日的午后，阳光很好。城市的建筑，城市的花园，城市的街道，还有城市的人都涂满了一层金黄色的光泽。杜秋丰心里猛地有种震颤，这种震颤是因这个城市中的那种特有的成熟的光泽所引起的。持续了片刻，杜秋丰才慢慢平静下来，慢慢适应，并有了一种无限温馨的感觉。

　　作为外乡人，杜秋丰是第一次走进天湖市；而作为时装设计师，杜秋丰已无数次走进天湖市，因为他设计的许多时装已在这个城市流行好几年了。这次他是应天湖市广播电台著名主持人爱妮之邀，来作时装设计讲座的。在此之前，杜秋丰已跟主持人爱妮通过电话，爱妮在电话里向他介绍了天湖市年轻人是如何喜欢他设计的时装，尤其是他设计的一些女装，深受天湖市年轻女性的青睐。

　　杜秋丰记得那天爱妮打电话给他时，他正在自己的工作室苦思冥想。由于这个时期没有新作品问世，他一直感到苦闷。爱妮的突然之邀，让他感到惊喜。他欣然答应，一方面出去散散心，到一个陌生的城市兴许会找到创作灵感；另一方面更重要的是他能见到曾被他想象和设计过无数次的爱妮小姐的光彩夺目的形象。

　　一个星期前，爱妮跟杜秋丰在电话里约好说，她会来车站接他的，可杜秋丰等了好长时间，爱妮却一直没有出现。

杜秋丰是在一年前的一个午夜里偶尔听收音机才听到爱妮的声音的。当时杜秋丰特别心烦，是为时装设计还是为漫漫长夜的孤独？反正当时失眠了，他就打开了那架好久没动过的收音机。收音机里播放了一段音乐后，就出现了爱妮的声音。当时爱妮正在主持"心海夜航"的节目，爱妮的声音特别温柔，也特别好听，一下子吸引了杜秋丰。杜秋丰就一直听下去……以后几乎每个午夜，他都要收听爱妮的节目。与其说是收听节目，还不如说是想听听爱妮的声音，这种如美妙音乐一般的声音，给了杜秋丰无限的想象空间。

有好几次杜秋丰还给爱妮打电话。在电话里，杜秋丰觉得跟爱妮很谈得来。开始，杜秋丰是向爱妮倾诉自己在设计创作上的苦闷，爱妮在这方面给了他不少启示。当谈到美学方面，他觉得爱妮有很多见解，比如说梵高的色调、毕加索的抽象等在时装设计上的运用，后来又谈到生活、恋爱、婚姻、家庭等等，真是无话不谈。渐渐地，爱妮在杜秋丰的心里占据了很重要的位置。作为一个四十岁的单身男人，杜秋丰很需要有像爱妮这样的知音，尤其是电话里爱妮发出的那种柔柔的声音常常使杜秋丰感到非常温馨。于是在一个夏日的午夜，杜秋丰给爱妮写了一封信，信上杜秋丰讲了自己单身的情况，并问爱妮能否为他介绍一个对象。至于条件，杜秋丰说得很干脆，像爱妮那样。当时杜秋丰还从未见过爱妮，可他已在心里无数次描绘过爱妮的形象。根据描绘的爱妮形象，他还设计了许多"爱妮型"时装，这次他也带来了，他希望这些"爱妮型"时装能在 T 型舞台上创造出一个空前绝后的时装时代。

杜秋丰在车站广场徘徊。已近黄昏，这是秋天的黄昏，空气中弥漫着紫薇花的馨香。爱妮怎么还没有来？忽然……慢着，前面……前面……这时一位戴墨镜的中年男子推着一辆轮椅车慢慢朝杜秋丰走来。轮椅上坐着一位非常秀美的女子，气质高雅。顷刻，杜秋丰被深深吸引着了，一种直觉告诉他，轮椅上的女子就是爱妮。

"你是时装设计师杜秋丰吧？"轮椅上的女子问，那声音依然很温柔。

"你是著名主持人爱妮?"

"我是爱妮,你好!"

"你好!我是杜秋丰。"

"没想到吧,我会坐着轮椅来接你。"

"是有点突然,你……"

"我是残疾人。推车的是我的丈夫,他看不见,是盲人。"

中年男子点点头,说:"我们夫妻欢迎你!"

顿时,一种复杂的情感在杜秋丰心里涌动,他说:"我……不好意思……居然要你们来接……多不方便……"

爱妮笑着说:"怎么会呢?我是他的眼睛,他是我的腿,我们常常是这样迎接贵宾的。"

天边的晚霞把爱妮夫妇染得殷红殷红的。杜秋丰感动得眼眶都湿润了。这一晚,杜秋丰的时装讲座很成功,因为他找到了一种人间最美的色彩。不久,"爱妮型"时装在天湖市流行开来,又很快风靡全国。

女人形象

　　我们四个人来自天南地北，到这个海滨大城市旅游观光。这个宁静而温馨的酒吧对我们来说既轻松又充满浪漫情调。我觉得在这样的酒吧里面对大海聆听涛声，是最惬意不过了。虽说我们来自不同的阶层，不同的生活环境，可在此这一切都无关紧要了，留下的只是我们共同拥有的男性。

　　"生活在这个时代，女人越来越了不得了。"一位来自 M 大城市的作家说道，"姑且不说女人的地位已与男人平起平坐，就说那些竞技性的运动吧，在许多项目中，女人的水平已跟男人相差无几。不过女人对感情也越来越放肆了，不再像古代淑女那样温柔专一了。"

　　接着，作家说起了他跟一位女人的一段经历。

　　"她是一个漂亮的女人，也是我的崇拜者。我和她是在一个创作笔会上认识的。当时我是应她那个城市的文化宫邀请前去讲学的。讲学会上她那出众的外貌十分引人注目，尤其是她那双眼睛有种让人无法抗拒的魅力，以至整个讲学期间我都被她的眼神撩得心不在焉。有天晚上她主动约我，在一个湖滨公园里，她向我倾吐了她仰慕已久的情感。当时我被她的倾诉感动得热泪盈眶，我热烈地拥抱她，吻她。之后我们频繁约会，爱得如痴如醉，每日仿佛生活在一个美好的梦境里，以致耽误了我去另一个城市讲学的行程。直至有天晚上我瞅见她与另一个男人接吻时，我的美梦突然被打碎，从而结束了这段恋情。"

"她又爱上别人了？"三个男人中的一个问作家。

作家摆摆手，示意那人别打断他的回忆。作家接着说："有天晚上，我去她的住处，刚想敲门，听到里面有声音，我就往门缝里瞧。那晚的月光很好，月光从门缝射进去，我见到她正跟一个男人接吻。我意识到自己的感情被愚弄了，可我努力克制自己，因为我是作家。再说我来这个城市是讲学的，我不愿被这种事损坏了我的公众形象，为此我忍耐着。没多久那男人走了，我就进去责问她为什么愚弄我的感情，谁知她竟说她没有愚弄我的感情。我说那你刚才跟那个男人接吻是怎么回事？她冷静地说，他是我的前夫。我说前夫也不行，因为你在跟我恋爱，你只能跟我接吻。她却说我爱跟谁接吻就跟谁接吻，这你管不着，就像你背着你老婆跟我接吻一样。"作家说到这儿，看看我们说，"你们瞧这叫什么话嘛，明明是她先挑逗我的，还说什么对我仰慕已久。我一气之下跟她拜拜了。"

"你这样还好，像我那样才叫惨呢。"来自 G 市的电影导演接过话茬儿说，"几年前，我为拍摄一部影片去南部一个城市物色女演员。一个月过去了，我没找到理想的女主角。正当我打算离开那个城市去别的地方寻找时，一位少女突然出现在我的视线中，我眼前一亮——这位少女清纯脱俗，正是我要寻找的女主角。我上前跟少女搭话，少女一听说我是拍电影的，并准备让她试镜头时，真是又惊又喜。少女说她从小就喜欢电影艺术，可一直没机会。我让她一试镜头，演技差点，可形象气质相当好，最终我决定雇用她。在拍摄过程中，她很勤奋，表演相当成功。影片放映后，曾轰动一时，她也成了青年人崇拜的偶像。以后我又一连为她拍了好几部影片，一部比一部棒。她成名后，对我很感激，在公开场合总说是我一手扶植她的，由此我们也产生了感情。当时她说除了我，她绝不会嫁别人。我也非常爱她。于是，我跟我有五年恋爱生活和五年婚姻生活的妻子离了婚。同她结婚不久，我们一块儿去国外参加影展。就在那次影展中，她被国外一位著名导演看中，那导演提出要她去他的国家深造。她跟我商量，我说你舍得离开我那就去吧。"

"她真的去了?"我同情地问导演。

导演默默点点头,又说:"去了,还跟我办了离婚手续。她说这样彼此自由些,省得牵肠挂肚的。"

听了导演的叙述,我们沉默了一会儿,屋外海涛拍打着沙滩,发出哗哗的声响。这时,经营服装生意的个体老板打破了沉默,说:"如今的女人真是越来越漂亮,也越来越聪明,聪明得让男人束手无策。就说我认识的那个女人吧,真可谓是绝色佳人,她的声音像夜莺那样好听。我一见到她,就给她迷住了。她来我店里购买时装,一开口便砍了大半价,我连想都没想就答应了,还奉送她一套进口的内衣内裤。此后我们就天天约会。她的嗜好是逛时装店采购时装,开始净往我店里挑,说是挑,还不如说拿。不过我店里进的时装有限,没几天就挑完了。那时我们已确定恋爱关系,接着她就拉我逛市内的时装店,每进一家时装店,店内的顾客、营业员、经理都会被她的美貌所吸引,以至店内所有人都不由自主地停下来望着她。我为拥有她而骄傲,于是不惜钱财购买她喜欢的时装。不久市内的时装店逛完了,我们就开始转向外地大都市的时装店。我们先后到过北京、上海、广州、深圳等地的一些著名时装店。每次她穿上一套漂亮的时装,就会用她那夜莺般美妙动听的嗓音说:'我漂亮不?'我说太漂亮了,你是世界上最漂亮的女人。这样我们走了一个又一个城市的时装店。我近十年来经营所赚的钱差不多全花完了。有一天她对我说最好能去国外的一些名城逛逛,那儿才有真正的世界名牌时装。我说我没钱了。她看着我笑了笑,没钱不要紧,我们开个时装店,等赚了钱再去国外,但时装店必须以她的名义开,她雇我为店员,按时付酬金。我一听傻了眼,顿时我明白我为她购买的时装已足够她开个时装店了。"

作家插话说:"你被她骗了。"

个体老板却摇摇头,说:"不,我为她买时装是心甘情愿的,我对她说你开你的时装店吧,我失去的东西我自己会赚回来的,于是我离开了她。"

"有骨气!"电影导演拍拍个体老板的肩膀,说:"你总算为男人争了一口气。"

气氛活跃了，大伙干了杯酒。酒慢慢渗透到我心里，我瞧了大伙一眼，就转向窗外苍茫的大海，忧伤地说："听了你们的故事，我觉得自己比你们幸福多了。也许你们听了我的故事后会说我不像个男人，不过我觉得生活在这个时代的人是不容易的，为此我能够理解女人。我是个穷教书的，我的女人跟我结合时，可以说除了爱情一无所有。我们彼此很相爱，以后我们有了孩子。我的女人很好强，改革开放后，她不甘寂寞，竞选一家乡办企业的厂长，结果还真让她当上了。她干得挺出色，工厂也红火起来。好景不长，由于原料价格暴涨，工厂资金短缺，一下子陷入困境。她各方求援都无着落，厂子面临倒闭，几百号工人将失业。这时有个港商来我们乡里，一见到我的女人就说他愿投资。我的女人真是喜出望外，不过那个港商提出要我女人陪陪他。"

说到这儿，我看了其余三人一眼："不瞒你们说，我的妻子是个非常漂亮的女人，她不光是外表好看，还有一种天然的气质。如果诸位见到她，我可以肯定你们也会被她的魅力所吸引。我记得有天晚上，我的女人躺在我身边对我说，要我好好跟她过一次夫妻生活，那晚她要我要得特别凶。以后我们就离了婚。"

"她跟那港商了？"个体户问。

"没有。她救活了工厂，你懂吗？"我伤心地说。

作家、电影导演、个体老板都默默地注视着我。我泪眼闪闪，便举起酒瓶往口里猛灌。

屋外海涛拍打着沙滩，发出一种悲愤的回鸣。

海边贞女

　　她老了，不再年轻。年轻时的那种让人瞅一眼就心跳的风韵已不复存在。每当夕阳西下，她就会来海边坐在那块曾被宋代某词人取名为"怪石听潮"的大岩石上听海涛撞击礁石的声响。远处有几个孩子在喊：看疯婆婆喽，看疯婆婆喽……她却一动不动坐着，整个身影似一尊雕塑显得非常神圣，那布满皱纹的脸上闪现出一种使人难以描述的光彩。

　　时光倒流。四十年前的那个黄昏，海水温柔地舔着沙滩。她于惊慌和兴奋中丢开了少女的羞涩，投入到一个剽勇强悍的男人怀中，她整个身心沉浸于青春激荡的欢乐之中。而那又是仅有的一次。

　　半夜，村里响起一片枪声，她于男人的臂弯里惊醒。随后来了一群士兵要抓男人，男人拼命抵抗一连打倒几个士兵，终因寡不敌众被抓走，去了海那边。

　　自此，她知道她已是那个被抓走的男人的人了，她发誓要等他回来。时间一年年过去，等待变得遥远而乏味。她始终对自己这样说：我是他妻子。不管他是否回来，我都是他妻子。她不后悔那黄昏沙滩上所发生的一切。相反一想起她心里总有一种说不出的柔情。然而岁月愈久，寂寞愈深。村里的一些男人多少撩起她内心深处的渴望。她知道自己还很年轻，有一种迷人的风韵。可她又顽强地抑制自己。不过每当夜深人静，她紧紧搂着一个枕头孤独入睡时，常常被一些奇怪的梦惊醒，她非常不安。她不相信自己会做那些让人难以启齿的梦，多羞人！与此同时，她又感到有一种说不出的畅快和满足。

梦幻与现实常常交战，以至于使她产生一种疯狂的念头——背叛现实。当然这种疯狂的念头也是一瞬间的。可有时正是一瞬间，让人赢得一生的幸福或承受终身的苦难。

一想起那个雨夜，她就浑身战栗。

那天深夜天气异常燥热，而内心的寂寞更加剧了她的烦闷。于是她全身脱得精光躺在床上，黑暗中她抚摩着自己丰满的胴体。这时天下起了雨。雨淅淅沥沥打在窗棂上，同时又穿过破陋的小屋顶打在她的肉体上。她立刻觉得有种快感。蓦地，她产生了想赤身裸体在雨中奔跑的疯狂念头。

雨越下越大。雨对她的肉体产生了某种创造性的激情。多年来她不曾感到这样充满青春的活力和勇气了。于是，她不顾一切地冲出了破旧的小屋子在大雨中疯狂地奔跑。雨水刷刷地冲洗着她的肉体——那柔白光洁的肌肤，优美流畅的线条，简直是一尊最完美的塑像。这时，她整个身心与雨水完全融合在一起。她感到从未有过的轻松和快乐。然而，她不曾想到在这雨夜里有一对对一双双充满惊异好奇愤恨甚至于猥亵邪恶的目光正射向她洁白的胴体。

从此，村里人皆喊她"疯女人"。女人们见了她就躲。一些男人见到她就说快脱了布衫让爷们瞧瞧奶子。而她只是沉默着从一个季节走到另一个季节，一年又一年。

有天夜里雨又下得很大很大，大得比以往哪一年都大。稠密的雨帘遮蔽了万物，世界似被雨水吞没了。就这样下了七天七夜。

第八天雨终于停止了，天边出现一片通红的夕阳。夕阳下的海涛撞击着宋代词人的"怪石听潮"，且发出悲鸣的回声。

人们再也瞅不到她了。

有人说她投海死了。

有人说那天夜里海边靠着一条小船，或许她男人偷渡回来把她带走了。

　　也有人说她既没投海也没被男人带走。瞧，那礁岩上的石头多像她呀，或许就是她变的。

木栅栏上的凤仙花

外面有个小女孩，小女孩的脸红扑扑的，双眼闪着霞光。在那片芬芳的野花丛中，她如一只鲜艳的蝴蝶，飞呀飞……

傍晚，阿贞在院子里晾衣服见到这情景，心头猛地涌上一股热血，仿佛要把整个身体融化了。阿贞开始不由自主地一步一步向小女孩走去。

一个小天使，真可爱！

可就在阿贞快要接近小女孩时，一道木栅栏挡住了她。这是道半人高的木栅栏，阿贞只要抬起自己那双修长漂亮的腿就可以跨过去。但不知为什么，阿贞却跨不过去，那条腿很沉重，怎么也抬不起来。阿贞只有无力地靠在木栅栏上，望着那只鲜艳的蝴蝶飞呀飞，飞向那遥远的地方——那是一片神秘莫测的森林，一个绿色的世界。这个世界曾使她热血澎湃，融化了她整个身心。她爱上了一个健壮魁梧的男子，并与那男子手挽手走出了神秘的森林……

"阿贞，阿贞……"忽然屋里传来喊声。

阿贞忙回身进屋。躺在床上的男人内疚地望着阿贞。阿贞立刻知道怎么回事，便从衣橱里拿出一条内裤替他换下。这一切停当，男人又沉沉入睡。

"整整十年了。"阿贞孤独地躺在床上。十年前，就在她与这个男人结为伉俪时，灾难突然降临——一场车祸夺走了他强壮的肌体。医院断定：大小便不能自理，并且他将在轮椅上度过一生。面对残酷的现实，阿贞没有离开他。她成了他妻子。当报社的记者采访她，问她是怎么想的，阿贞说："做人要有道德。我爷爷是在战场上死的，我奶奶就守了一辈子寡；我爸是在实验室里死的，我妈也从此没改嫁。我与他好了，便是他的人了。"记者写了一篇题为《坚强的三代女人》的通讯报道。阿贞受到人们的尊敬，成了这一带年轻女人的楷模。

"可十年来，他不能成为一个真正的丈夫。"阿贞望着窗外皎洁的月光痛苦地想。

皎皎的月光透过窗户，轻轻抚摩着阿贞丰满的胴体。那年轻的体内有一股火在燃烧。阿贞感觉到有一双深沉而热烈的眼睛在注视她。她知道，这双眼睛在五年前就向她倾诉了爱情。到如今，他已四十岁了，一直没有结婚，他深爱着她。有天夜里，阿贞站在木栅栏前，他突然出现在阿贞面前猛地抓住她的手说："跟我走吧。"

"别，别这样。"阿贞慌乱地抽出手。

"你还只有三十岁，干吗这么傻？"他突然发出一种悲哀的号叫。

"难道你不渴望幸福？"

"不，我是幸福的。"在急促的呼吸和难以抵挡的号叫声中，阿贞这样回绝了他。

阿贞用手臂紧紧抱住自己的身体，内心感到饥渴。她走出屋子，努力平静自己。

在那沉静的月色下，一道木栅栏静静地横在面前，木栅栏上缀满了凤仙花。

蝴蝶风筝

那次我和女儿小蝶蝶在儿童公园的河边遇见一个男人。当时我坐在河边的椅子上读屠格涅夫的《父与子》。六岁的小蝶蝶正专心地观赏水面上两只盘旋的绿蜻蜓。

小蝶蝶忽然问我:"爸爸,它们连在一起怎么也会飞呢?"

我抬头一瞧,原来一只蜻蜓驮着另一只在飞。没等我回答,只听边上一人说:"哈哈,小傻瓜,这就像一对情人手挽手走路啊。"

我细细打量,那是一位满脸胡子拉碴、身材高大的男人。男人穿着满是油污的牛仔裤和皱巴巴的衬衣,且袒露着胸脯。那男人给我的印象是他很粗鲁。

小蝶蝶对他却一点儿也不陌生,她问他说:"什么叫情人呀?大胡子叔叔。"

被小蝶蝶称为大胡子叔叔的男人说:"以后你长大了就会知道的。来,来,过来。"

大胡子男人也没征得我同意,就把小蝶蝶招到一旁攀谈起来。他俩一见如故,谈得挺亲热,把我撇在一边。一会儿,有个卖风筝的老头走过,大胡子男人买了只蝴蝶风筝,与小蝶蝶一起在草地上放飞。

我见小蝶蝶一手牵着放风筝的细线,另一手拉着大胡子男人的手,那快乐的神情是从未有过的，真不可思议！我心里很嫉妒——那看上去很粗鲁的大胡子男人竟这么快就得到小蝶蝶的信任，是什么缘故？难道就因为帮她买了这只风筝？我走过去掏出钱给大胡子男人，大胡子男人一愣，但很快像做错了事似的把钱收下。

翌日午后，我正在家里写论文。门外传来小蝶蝶欢快的叫声："大胡子叔叔，大胡子叔叔。"

我朝窗外望，见昨日在公园遇见过的大胡子男人正和小蝶蝶亲热地说笑。我连忙走出去。大胡子男人见是我，便很窘地说："你……你女儿真可爱！"

我戒备地说："你怎么知道我的住处？"

大胡子男人见我对他不信任，忙说："我……我没别的意思。你女儿太可爱了，所以我再来看看她。"大胡子男人的眼神中充满哀求，似乎说别赶他走。

连续好几天，大胡子男人都来看小蝶蝶。每次来时他总带些巧克力、小玩具什么的，有些还是他自己亲手做的。小蝶蝶很喜欢他，我也不好赶他走。不过我总想，他是什么人？为什么这么关心我女儿？可每次问他，他总是回避。对此，我妻子很担心。妻子说如今拐骗孩子的事很多，得小心！我想这也是，得提防着点。

而就在这时，大胡子男人突然不来了，一个星期都未出现。开始，小蝶蝶老朝以前大胡子男人来的地方张望，那眼里充满企盼，她问我说："爸爸，大胡子叔叔干吗不来了？他说过要和我去放风筝的。"

我说："大胡子叔叔很忙，或许他去了一个很远的地方。"

小蝶蝶说："爸爸，大胡子叔叔去的那个很远的地方一定很好玩吧，那儿有很多很多的风筝，是吗？"

我说："也许是吧。"

这几天，大胡子男人都没来，他仿佛已消失得无影无踪。这倒使我跟妻子都省了份心，再说小蝶蝶也不大提他了。这事我们渐渐淡忘了。

日子过得很快。树上的叶儿更肥大了。有天夜里下起了细雨。那天妻子上夜班，小蝶蝶早睡了。我在灯下读书。

半夜忽然有人敲门。我开门一看，啊，是他——大胡子男人，只见他腮边的胡子更浓密了。他站在那里，高高的身子显得很消瘦，如干枯的树枝。

大胡子男人说："对不起！这么晚了还来打扰。有件事想求你，你能不能……"

我打断他的话，说："进屋慢慢说吧。"

就这样大胡子男人讲了他的事——

"我原先是个技术不错的钳工。我曾有过一个温暖的家，有过一个贤惠的妻子和一个可爱的女儿。记得以前每到春天，我和妻子总带着女儿去郊外的草地上放风筝，那是一段美好快乐的时光。可在我女儿五岁时，我妻子在工厂的一次意外事故中受重伤，没抢救过来，死了。妻子的死对我打击很大。那时我很消沉，成天喝得烂醉，有时喝醉了还打女儿。后来因酒后误伤了人，被判了刑。在监狱里我很想念女儿，以后这种思念到了无法忍受的地步。我出狱回城后，却找不到我的女儿了。后来我打听到，她已被她那在北方工作的姨妈领走了。"

说到这儿，大胡子男人猛地揪住自己的头发失声痛哭。

一会儿，他平静了些又说："今晚我想再来看看你女儿。天一亮，我就要去南方打工了。那天在公园里遇见你女儿，我以为她是我女儿。我女儿跟你女儿长得实在太像了。那天你跟你女儿走后，我一直跟在后面，以后我又几乎每天都来看你女儿。我知道小蝶蝶不是我女儿，可我简直无法控制自己。那些天，我总觉得我跟我女儿团聚了，但这毕竟是梦。真对不起！"

我说："没什么。"

大胡子男人站起身，说："我要走了。"

我很同情他，说："那你去看看我女儿吧。"

大胡子男人想了想，又摇摇头。"不啦，让她睡吧！请你把这个给她！"他从身后的背包里拿出一只蝴蝶风筝递给我说："给小蝶蝶吧！"

走至门外，大胡子男人又转身对我说："求你明晨告诉小蝶蝶，就说我会好好做人，还会来看她的，我还会把我的女儿带来和她见面。到那时，我再带她去放风筝。"

　　我含着泪朝大胡子男人点点头。

叶落归根

　　"阿叔，看哪，今晚的月亮好圆！"孝明推开船舱内的百叶窗对老人说道。孝明知道老人在台北时有个习惯——每逢月圆夜，老人总要打开阁楼上的那扇小木窗，举首望月，常常老泪纵横。孝明回身瞅瞅老人，老人似乎想问些什么。

　　"阿叔，您想说什么？噢，您是想问这会儿我们到了哪里，对不？阿叔，我们已到了大陆……是啊，大陆。这会儿，我们坐着大陆的大客轮正往老家赶哩。阿叔，您记得吗？几天前，我们还在台北呢！那天，台北下着蒙蒙细雨。我们是早晨出门的，您的侄媳妇阿慧和侄外孙阿雄他们一直送我们到飞机场。是啊，您想起来啦，还有罗伯伯。罗伯伯是坐着阿雄推的轮椅到机场为您送行的，他祝您一路平安！嗳，您想起来啦！是啊，快上飞机前，罗伯伯还交给我一只金手镯，要我打听他妻子的下落……"

　　孝明从上衣口袋里摸出一只闪闪发亮的金手镯，眼前蓦地闪现出那遥远的往事，那个破旧的码头——孝明的父亲就是死在那个码头上的。那是1948年暮秋的一个风雨之夜，码头边那棵老银杏树落叶纷纷，那突露的树根如血脉暴绽的青筋，硕大的枝丫如颤抖的手在风雨中摇曳，发出凄厉的声音。那夜，孝明的父亲因不愿离开故土而叫麻子脸团长打死了，病重的母亲也随父亲而去。阿叔为了报仇，跟罗伯伯一道杀死了麻子脸团长。然后，阿叔和罗伯伯带着孝明随国民党残余部队撤离大陆。临走，罗伯伯的妻子交给他一只金手镯说，不管多少年，她都会等他回来。唉，一晃五十多年哪……

孝明轻轻抚摩着金手镯。数十年来，罗伯伯一直与阿叔、孝明一家相依为命，从未分离。孝明又瞅瞅身旁的老人，老人似乎在思念台北的老友。

"阿叔，您看，您又难过了。罗伯伯说了，只要您能回大陆，回到故乡，也算了却了他的一桩心事。"

轮船开始剧烈晃动起来。老人也不安地晃动着，孝明忙扶着他。"阿叔，别害怕！没什么的，船有点晃动，是风浪的缘故。您别怕，我们坐的是大陆的大客轮，稳稳当当的……"

孝明说着，忽然停住了。他从船舱望出去，远方的天边出现了鱼肚白的光亮。接着，在蒙蒙曙色里，前方慢慢地显现出一个码头的轮廓。这时，客舱里响起了女播音甜美的声音：旅客们，请注意！狄港码头快到了，请做好下船的准备！旅客们，请注意……

"阿叔，您听听，前面就是狄港了！阿叔，狄港到了，我们到家了！"孝明那沟壑纵横的面庞露出惊喜之色。孝明的双手哆嗦着抱起老人奔出船舱。可站在甲板上，孝明却有些茫然地望着前方的大码头，那些现代化的高楼大厦更使他陌生。他不住地问自己：这是他朝思暮想的狄港吗？这是他离开了五十多年的故乡吗？孝明不断地搜寻着回忆着……大客轮离码头越来越近。终于，孝明看见了离码头不远的地方挺立着一棵青筋暴绽的老银杏树，这是小时候他跟那些光屁股的小伙伴常玩的地方。银杏树的枝丫在天空伸展着，茂盛的叶儿在晨风中摇曳，仿佛在向远道而来的游子致意！

大客轮缓缓地靠岸了。孝明上岸直奔到那棵千年银杏树前跪下，悲喜交加。他望着捧在手中的雕花小木盒泪水盈盈，道："阿叔，我们到家了！"

木盒上的老人也似乎露出了欣慰的笑容。

天长地久

  除夕之夜的城市因禁放烟花爆竹而少了份喧闹，多了份宁静和吉祥。城中大多数人都在看电视台播放的"春节联欢晚会"，等待新年的到来。几个朋友聚在我那间四平方米的小阁楼上聊天。当新年的钟声敲响时，有朋友提议说，请在座的每个人讲一个记忆中的除夕之夜的故事。大家一致赞成。接下去就有人开始讲。至于那些故事，大多数我都记不清了，只有一个故事我自始至终记得清清楚楚。几天来，我一直想把那故事写成一篇小说，可无论我怎么苦心孤诣地构思，都无法表达出一种完整的情感。于是我放弃了写小说的打算，决定如实记录朋友所说的故事。以下就是我那个曾留学日本东京S音乐学院的朋友讲述的一个真实的故事——

  几年前的一个除夕之夜，东京大雪纷飞。街道上积起厚厚的雪层。城内的建筑也被大雪所遮盖。街头只有闪烁的霓虹灯在不停地显示商厦的名称。一家激光唱片商店正在播放日本抒情歌曲《街头上雪花纷飞》。一些中国餐馆聚满了中国留学生和旅日华侨，他们正按国内的传统方式过"团圆年"。

  这时，街道西边的一座立交桥下，一位年轻的中国小提琴手正在演奏，琴声绵绵，情思悠悠。琴手演奏的是小提琴协奏曲《梁山伯与祝英台》。这充满中华民族韵味的琴声飘荡于东京街头，令一些赶夜路的日本人也驻足倾听。

一曲拉完，琴手便走向前方十米开外的一个国际长途电话亭。电话亭中的灯光映现出琴手那清癯的面容。站在电话亭前，琴手摸了摸腰间的一袋硬币，这是他花了几十个夜晚于街头卖艺积攒起来的钱，为的就是在这除夕之夜打个国际长途电话，让远在国内的妻子听他拉琴。琴手的妻子是国内一家纺织厂的女工。为了资助琴手出国深造，琴手的妻子狠狠心去医院堕了胎。琴手的妻子白天在厂里干活，晚上还去一家个体餐厅打工。就这样，十个月前，琴手的妻子把琴手送上了飞往东京的班机。机场上，琴手曾跟妻子约定——除夕之夜，琴手通过电话拉琴给她听。

朔风呼啸着，雪花扑面而来，飘落在琴手身上。琴手正要拉开电话亭的门，一旁忽地来了两个中国留学生抢先一步进了电话亭，急忙把硬币投进电话机。即刻，琴手听见一中国留学生兴奋地说："爱美，是你吗……我在东京给你打电话……全家都好吗……儿子好吗……让他听电话……喂，儿子，想爸爸吗……爸爸很想你……要乖，听你妈妈的话……"琴手听着，宽慰地笑笑。

一会儿，两个中国留学生离开了。琴手走进电话亭非常激动，他的手颤抖着把硬币投进电话机，且拿起话筒拨了号码。少顷，琴手对着话筒说："喂，小茜，是你吗……我是阿朋……我在东京街头给你打电话，你好吗……小茜，我们约定在除夕之夜通电话，由我拉琴给你听……我马上就拉，你听着……"

琴手把话筒搁在一边，开始拉琴。琴声悠扬，优美的协奏曲《梁山伯与祝英台》的旋律通过话筒传送给故乡的爱妻。这时雪停了，整个东京街头似乎也温馨起来。琴手拉着拉着，早已泪满双颊。在琴手的上衣口袋里有份电报，电报上说：汝妻因病故世。

黑　猴

　　黑猴是我们厂锅炉车间的司炉工，本名来发。因人长得精瘦，皮肤黝黑，两眼老眨来眨去，加上锹煤的动作颇为古怪（老东一锹西一锹跳来跳去的，还不时抓耳挠腮），为此大伙儿送他个绰号：黑猴。

　　黑猴人虽长得瘦，饭量却大得出奇（每顿一斤二两米饭），同时还特爱吃大块红烧肥肉。大伙儿都说这猴这么能吃，也不见长肉。

　　黑猴嘿嘿一笑，说咱人瘦可筋骨好。不信，比试比试！说着伸出胳膊要跟人比腕力。没人应战。大伙儿深知黑猴的臭脾气，输了就粘上你非要你再来，一而再再而三地弄得你精疲力竭输他一回为止。

　　前几年，市里曾搞过一次职工文艺汇演。我是厂工会的文体干事，就编了个《三打白骨精》的戏。当时演白骨精的人选已确定为力织车间的挡车工梅艳，可演孙悟空的角色还没找到。有人向我推荐黑猴。我去锅炉车间找他时，他正在跳来跳去地锹煤。我一见到他那模样，就认定孙悟空的角色非他莫属。黑猴还真有点儿表演天赋，果然把孙悟空扮演得惟妙惟肖。我们的戏在市里汇演得了奖，黑猴也好一阵走红。可没过多久，却发生了一件令黑猴臭得要命的事。

　　有天午夜，梅艳下班回家，走至风墙湾岔口（那是梅艳上下班的必经之路），见黑猴正在那儿东张西望的。梅艳觉得奇怪，就问黑猴这么晚你干吗？黑猴挠挠耳腮说等你。梅艳很惊讶问等我干吗？黑猴瞅瞅周围，指着一石椅说咱们坐坐吧。梅艳有些犹豫，虽说她跟黑猴合演过"三打白骨精"，可平时交往一般，再说这么晚了。不过梅艳还是同意了。天空挂着一轮清冷的月儿。午夜的风吹来，让人直打战。黑猴见梅艳穿得单薄，忙脱下外套要给她披上。梅艳谢绝了问黑猴你到底要说什么？黑猴支支吾吾。梅艳说黑猴我好累，要回去睡觉了。黑猴说别别再坐一会，梅艳我……梅艳见黑猴还吞吞吐吐就又说我真要回去了。黑猴这才下了决心说梅艳我喜欢你！

梅艳一听跳了起来说黑猴你疯啦？你搞什么鬼？你就为说这？黑猴点点头。梅艳说黑猴你别开玩笑了，我有丈夫你又不是不知道，再说我一点儿也不喜欢你！黑猴说我知道，可我就是喜欢你！

梅艳的丈夫武平见梅艳没像往常那样准时回家，有些不放心，就出来接她，刚好也在风墙湾的岔口瞧见梅艳跟黑猴坐在一块儿。于是，武平就认定梅艳在搞婚外恋。也不管梅艳怎么解释，武平把黑猴揍得鼻青眼肿。

第二天，这事儿在厂里传开了。厂里好些人也认为黑猴跟梅艳有不正当的男女关系。武平要跟梅艳离婚。黑猴找到武平说真对不起！这事儿由我引起，不关梅艳的事。你可以揍我可千万别跟梅艳离婚。武平凶巴巴说不离婚你怎么跟她结婚？武平说着真又要揍黑猴。梅艳正好也在，看武平这样就说是我跟他好，要揍你揍我。武平哼了一声说你们这对狗男女。武平说完就走了。黑猴诧异地说梅艳你干吗要这么说？梅艳瞪了黑猴一眼说你走吧，离婚是我自己的事，跟你没关系！

离婚后梅艳一人拖着孩子。黑猴常去帮她，她总拒绝。不过黑猴的臭脾气又粘上了，以后次数多了梅艳也就接受了。黑猴每次去都要翻新花样逗孩子，譬如或给孩子当马骑或变个小丑或演孙悟空，演孙悟空还让梅艳当白骨精。孩子极开心，也就跟黑猴特别亲热，几天不见就跟梅艳嚷着要黑猴。时间长了在人们的印象中黑猴已成了孩子的父亲。有人还当着黑猴或梅艳的面半开玩笑半认真地说搬到一块儿住算了。黑猴听了挠挠耳腮笑笑了之。梅艳却指着那人说当心我撕烂你的嘴！

一晃几年过去了。黑猴与梅艳的事已失去了新鲜感，厂里的人也不再那么说三道四了。黑猴一直没成家。黑猴跟梅艳也一直没结果。在黑猴三十八岁那年，一天梅艳忽然当着大伙儿的面说，黑猴我想给你介绍个对象，今晚准七点在俱乐部的舞厅见面！黑猴又挠挠耳腮说免了吧。梅艳说什么免不免的，瞧你这猴样！记住，晚上准七点。

快下班时，天突然刮起了风。风好大把树枝都刮弯了。有人发现烟囱顶上的避雷针坏了。据当天的气象预报晚上有雷雨。厂长来时，黑猴正坐着抽烟。厂长说谁上去修好避雷针重奖。没人应声。厂长又重复了一遍。这时黑猴扔下烟头说厂长我上去吧，我不要奖不过有个条件。厂长说什么条件？黑猴说如今不是精简机构吗？可咱们厂的科室有增无减，说穿了还是吃闲饭的人多。厂长你能不能来它一下？黑猴作刀切状。厂长一愣。黑猴说厂长咱工人都瞧着哪！厂长笑了说你这猴贼精，行，咱们一言为定！不过你上去得多加小心！

黑猴开始往上爬。风吼叫着仿佛要把四十多米高的大烟囱掀倒。地面上的人焦虑地朝上望，只见黑猴的人影越来越小。避雷针终于又竖了起来。地面的人都欢呼黑猴好样的。黑猴在上面朝底下的人挥手。

就这当口不幸的事发生了。我真不想叙述下去了，可事情既然已经发生，我又不得不叙述：正当人们欢呼时，只见烟囱顶端一个黑乎乎的东西坠了下来。此事以后人们是这么分析的，可能是黑猴一时高兴忘了抓扶手，而当时风又大一下就把黑猴吹了下来。梅艳听说黑猴出了意外就发疯似的跑至烟囱底下，抱起已变得血肉模糊的黑猴失声痛哭。梅艳边哭边说黑猴你真傻，你为什么要上去呢？你知不知道今晚我要给你介绍的对象是谁？是我。我想嫁给你！

这天厂里的女人甚至男人都哭了。

小　雨

　　杜小雨把荣誉证书往抽屉里一塞，就倒在床上，浑身散架似的，累得要命。

　　外间，母亲摆着碗筷喊："小雨，吃饭了。"

　　小雨真不想吃，可她还是坐了起来，对着镜子照照，捋了捋乌黑的长发。她瞅见自己眼角出现几条淡淡的鱼尾纹。

　　"小雨，隔壁汤嫂又来过了，还是约个时间见见那人吧。"母亲边盛饭边说。

　　"妈，我不是让你回了吗?"

　　"汤嫂说了，这回人家也是劳模。"

　　小雨苦笑着，"妈，你瞧我这样，再加个劳模，这日子怎么过?"

　　"这也没准。妈是说人家也是劳模，兴许合得来。唉，小雨，三十多岁的人了，再拖真成了嫁不出的老姑娘了。"

　　"妈，那我守你一辈子。"小雨搂着母亲撒着娇。

　　"傻样，女儿总要嫁人的。妈年轻时也曾对你外婆这么说过，可后来还是嫁给了你爸。"

　　"那是爸比外婆有吸引力。"

　　"调皮鬼!"

小雨进厂十年，年年被评为操作能手、劳动模范，各种奖状荣誉证书满满一抽屉。可如今还没有对象，做母亲的能不急？其实好几年前，就有人给小雨介绍男朋友。第一次见面，那男的说好像在哪儿见过小雨。小雨说没准是这样。接着就谈了，可谈了十多分钟，那男的突然说有要紧事走了。后来也就没再见面。不见面算了，小雨也不当回事。可以后接二连三出现这样的事，小雨总算弄明白了——他们在大街上的宣传橱窗里见过她那戴红花的光辉形象。他们说找劳模挺累的，这以后孩子家务一大堆没辙，弄得家不像家，日子怎么过？说得倒还真有这么一回事似的，好像当劳模的都不会管家看孩子。这些臭男人，我才不稀罕。小雨愤愤地想。

　　小雨的婚事就这么一直搁着，她还是当她的劳模。

　　周末，厂工会举办舞会。好多姐妹都带了自己的恋人或丈夫，小雨却什么也没有。可她得去，她是厂工会委员，又是舞会的组织者。

　　优美的音乐。一对对男女轻轻滑入舞池，舞姿翩翩。小雨心里好羡慕，可她却装得挺忙的样子，一会儿拿可乐，一会儿打电话，一会儿又去换音乐碟片。姐妹们喊小雨来跳舞吧。小雨笑笑说我有事要做，你们跳吧。

　　刚从特区调回来的技术员邹志同走到小雨跟前做了个邀请的姿势。小雨却冷冷地说："我很忙，你找别人吧。"

　　邹志同似乎对小雨挺感兴趣，有好几次他都想邀请小雨跳，可小雨都找借口回绝了。后来邹志同又一连给小雨写了三封信，小雨一封也没回，不过有段时间她干活老走神。

　　那天离当班时间还有十五分钟，小雨带上工作帽来到织机前。

　　跟她交接班的梅红说："你怎么才来？"

　　小雨反问："怎么，我迟到啦？"

　　梅红诧异地瞧着她，说："往常你都是提前一个小时到的。"

　　小雨笑笑，自顾自去察看经面了。

　　竞赛表上，小雨的箭头第一次落于别人后面，为此进厂以来小雨第一次没被评上劳模。一时间，小雨仿佛卸下了一副沉重的担子，主动约邹志同跳舞。舞会上，小雨旋啊转啊，那柔软乌黑的秀发洒满了整个舞池……

夜空飘着蒙蒙细雨，街灯洒下一束束柔和的光。邹志同陪着小雨默默在大街上走。忽然小雨问："邹志同，现在我已不是劳模，你还要不要我？"

邹志同紧紧望着她，说："小雨，你真傻，你真是个傻女孩。"

小雨听着，真觉得自己像个孤单的小女孩，需要有人哄哄，也需要有堵墙靠靠。于是小雨哭了，就像一个受委屈的小女孩那样靠在邹志同那宽厚的胸膛上伤心地哭着，说："我还会争回来的，我要当劳模……"

邹志同轻轻抚着小雨的秀发，像哄小孩似的："不哭，小雨，你会的，你会争回来的。"

天空还飘着蒙蒙细雨，这会儿小雨却感到很温暖。

光头老五

我们巷子里住着一位老单身汉。老单身汉姓乔名五。因其常年剃光头，巷子里的人都叫他"光头老五"。

光头老五五十多岁，在一家纺织厂当拾纸工。谁都知道，这年头纺织行业大批工人下岗。光头老五所在的那家厂子也一样，况且厂里还有规定：四十五岁以上的工人全部内退。内退回家，200来块生活费，再打点零工，勉强糊口。据巷子里的人说，光头老五年轻时曾有过女人，可女人跟光头老五过不到半年就离他而去。原因是光头老五又懒又脏，上床不洗脚，两人睡在一块儿，光头老五又爱打呼噜，女人受不了。

女人走后，光头老五一直是一个人过。

光头老五爱喝酒，每日两顿"风雨无阻"。光头老五喝酒有个特点：不讲究下酒菜，一根酱黄瓜也能把酒喝得津津有味。报上说，饮酒过度，会导致肝病。光头老五却不理这套，照喝不误。

我们巷子口有个垃圾箱，垃圾箱里常有些死鸡、死鸭什么的。光头老五见到这些，便笑逐颜开。他把这些死鸡、死鸭拎回家，小心翼翼地拔毛、剖腹开膛，弄个干净，然后放上作料，下锅。不一会儿，满屋香气。接下来光头老五便跷起二郎腿，呷酒，吃菜，哼曲京剧《空城计》，优哉游哉，自得其乐。

巷子里有人跟光头老五开玩笑："老五，这些死鸡、死鸭都是致癌物，吃了损寿。"

光头老五一抹油嘴，挠挠头顶，嘿嘿笑着，说："管它。人活着吃了再说，人死了还不是挺尸一条？往火葬场一放，没了。"

对此，巷子里的人皆摇头不已，甚至为之恶心。可人们又奇怪，光头老五总是红光满面、神采奕奕的。光头老五颇为得意，其自有一套生活理论，也时常讥笑巷子里的人："瞧，那些人整天养这养那，保这保那，也没我利索。人哪，活着顺其自然，吉人自有天相。巷子西边的老满头比我小，托儿子大经理的福，今儿'活鲜'，明儿人参燕窝，屁用，还不是先我而去？"

听到光头老五这番言论，巷子里的人有些忿忿然。

不过光头老五也有烦恼。光头老五之烦恼是无后人。光头老五极喜欢孩子，可巷子里没一家愿自己的孩子挨光头老五的门。每每巷子里的孩子放学回家经过光头老五门口，光头老五禁不住瞅着孩子们，眼眨也不眨，直至孩子们在其视线中消失。这时光头老五连连叹气，觉得对不住祖上，到他这辈要断香火了。继而又想到以前的女人，后悔没让她生个孩子，唉……

光头老五就这么一个人过着。

冬天来了场罕见的大雪。大雪封住了街道巷口。光头老五也被封在屋里几天不出门。这天早晨，光头老五盘算着该去厂里瞧瞧有没有起色，顺便把这个月的生活费拿了。光头老五出门的时候，太阳也露脸了。阳光下光头老五的光头闪闪发亮，仿佛是一颗硕大的灯泡。

光头老五慢慢走出巷子，又沿着湖边慢悠悠溜达。湖面冻得厉害，许多年轻人、孩子在溜冰。

这时，前方忽然有人喊救命。光头老五跑过去，瞅见一群人围着一妇女，妇女正哭着哀求："哪位行行好，救救我的孩子……救命……"

妇女的孩子掉进了冰窟窿，可边上没有人下去救。

光头老五吼道："你们这些年轻人什么德性？干吗不下去救人？"光头

老五说着跳进了冰窟窿。

一会儿，孩子的头露了出来，岸上的人忙抱起孩子。可光头老五的光头只在水面一闪就消失了，再没上来。

后来，被救孩子的父母为纪念光头老五，给孩子另取一名，名曰：乔再生。

圣洁的玫瑰

兰芳七拐八弯绕过那些残垣断壁，便见到自家那间孤零零的屋子。屋子顶上有根电视天线于风中晃动着，几只鸽子栖息于天线上咕咕叫着。这一带要建座商城，拆迁已差不多了。拆迁时正好拆至兰芳家对面的房子（兰芳家跟对面的房子隔着一条弄堂），对面房子一拆，兰芳家成了"孤岛"了。

兰芳快接近屋子时，见门开着，以为丈夫回来了。可等兰芳走至门前，大吃一惊！屋内乱糟糟的，有贼偷。兰芳慌忙扑进屋，瞅瞅电视机还在，又打开床头柜门，打开抽屉——那红色的丝绒盒也还在，盒内躺着一条金灿灿的项链。这是结婚时婆婆给的见面礼，也是这间屋子里最贵重的物品。兰芳松了口气。经检查，被偷的东西是兰芳摆摊用的钢丝床、遮阳棚及一包小百货。

兰芳自企业关闭后，在小商品市场摆个摊，自谋出路。今天一大早去省城进货，没想到一回来就见到家中失窃的场面。

傍晚，夕阳照在残垣断壁上。屋顶上的鸽子蓦然飞起，在空中盘旋了一会儿，便朝城市的另一端飞去。

屋内，兰芳在生闷气。一旁的丈夫劝说道："算了，损失不大，再说已报了案。"

兰芳说："我是在想，没了钢丝床，怎么去摆摊？"

丈夫说："明天再去买一架。"

这时，屋外有人叫："兰芳，兰芳……"兰芳出去一瞧，见是社区干部俞淑珍。俞淑珍身后还跟着一位肩扛摄像机的年轻人。

兰芳问："淑珍姐，有事?"

俞淑珍指着身旁的年轻人，说："兰芳，这是电视台的记者。"

兰芳不解地问："电视台的记者，干吗?"

记者说："是这样的，有人给我们电视台打电话，要我们帮他找到那位拾金不昧的好人，你就是吧?"

兰芳一听才醒悟过来——早晨去省城进货，在车站捡到一只钱包，内有数千元人民币和一些医院药品的发票及身份证等。兰芳把钱包交至车站派出所，当时并未留下姓名。

俞淑珍道："据车站派出所民警说，当时他见拾主提着个包，包上有'华丰丝织厂'的字样。电视台的记者打电话到我们社区，我们根据民警提供的拾主模样，认为是你。"

兰芳说："钱包是我捡到交给车站派出所的。"

记者把摄像机镜头对准兰芳，问："兰芳同志，当时你拾到钱包是怎么想的?"

兰芳说："我也没怎么想，当时急着赶车，就把钱包交给了车站派出所的民警。"

记者问："当时你有没有打开钱包?"

兰芳说："打开了。"

记者又问："兰芳同志，当你打开钱包见到那么多钱，你是怎么想的?"

兰芳说："钱包里确实有很多钱，当时离开车只有几分钟了，我就把钱包交给了车站派出所的民警。"

记者问来问去，兰芳回答的就这么几句。记者对兰芳的回答似乎不太满意，不过记者拍摄了许多兰芳的镜头。

兰芳却有点不耐烦了。兰芳说："你拍了那么多镜头干吗呀? 瞧，一家三口挤在这么小的住房，如今这一带拆迁又不安全，刚才还让人偷了呢。你要拍就拍这些!"

记者的脸色颇为难堪。

第二天晚上，市电视台在黄金时间播出了题为《好人兰芳拾金不昧》的新闻。新闻播出后，反响很大。接着市报、市电台，乃至省报、省电视台的记者纷纷前来采访。兰芳一下子成了新闻人物。兰芳不断重复回答记者们的问话。记者们走后，兰芳总嘀咕道："就这么点小事，有那么多记者做文章，小题大做。"兰芳为避开记者，决定到娘家去住一阵。

这一天，天蒙蒙亮，兰芳起床梳洗完毕，对丈夫交代几句，准备出门。兰芳从窗户望出去，瞅见天边出现一抹玫瑰色彩。兰芳打开门，愣住了，只见门口放着一架钢丝床、遮阳棚及一包小百货。旁边还有一束玫瑰花和一封信。兰芳拆开信，信中写道：

兰芳大姐：

你好!

前天在电视上看到你拾金不昧的事迹，从而得知你是下岗女工，我的心被震撼了，除了敬佩，还有深深的愧痛和悔恨——对不住你!

兰芳大姐，我和你经历相仿，曾感到很失落，就自暴自弃。前两天我闲逛经过你家，见四周无人便撬了门，偷了钢丝床、遮阳棚和一包小百货，想自己摆摊。实在对不住你，现如数奉还。在这里我不乞求得到你的谅解和宽恕，但我可以向你保证：从今以后我要用我的双手去创造新生活!

玫瑰花是我妻子送你的。她说，你的心就像这玫瑰花一样圣洁、芳香。她向你表示深深的敬意!

最后，我向你深深地鞠躬!

一位悔恨者

晨光里，玫瑰花好清香。兰芳读完笑了，笑得很开心。

菊　魂

四面都是险峻的山峰，中间有一块平地。平地上开满了美丽的菊花，菊花格外鲜艳格外芬芳。

这儿没有任何纪念的墓碑，但站在菊花丛中的老人知道，在这地下埋着他的战友。当时他埋葬他们时，他就知道他们的肉体很快就会化为尘土，但他们的灵魂将永远安息。他不愿任何人再来打扰他们，所以这儿除了这片菊花，他未留下任何标记。

这是个秋日的午后，阳光给菊花地镀上一片金黄色。天空随着渐浓的秋意更显得寥廓澄澈。

"爷爷，你在哪儿?"远处有个少女在喊，可老人没理她。

此时老人正与他的战友谈心，谈那场惊心动魄的战斗。在那场战斗中，他们全排殉国，仅存他一人。如今那场战斗已很遥远很遥远了，可他仿佛觉得昨天刚发生过似的，而他的战友也仿佛就在他眼前。他们就是这一株株菊花。

瞧，那朵淡黄色的是一班长张海。嘿，这位清秀的小伙子遇事总是不慌不忙的。那朵铁红色的是大个子机枪手董连达，这位刚毅的北方汉子打仗时总爱抱着机枪一个劲地猛扫，敌人在他面前一一倒下。啊，那朵雪白的是卫生员小芳，这位调皮的还带着稚气的丫头，嗓子像百灵鸟那般好听……

带着秋天成熟温馨的阵风轻轻吹过，菊花们微微摆了摆身子。老人又轻轻抚摩着那朵雪青色的菊花，好一会儿才叹了口气："排长，没跟大部队联系上，这都怪我。要是我再跑快点，或许能联系上。可我跑到那儿大部队已撤了……"

　　微风中，雪青色的菊花摇了摇，仿佛在说："不怪你！整整 100 公里路，来回得跑几天，而你用了两天时间，够快的！当时我们被迫放弃前面的山头，退到这片平地上。全排只剩十几个人了，我们做好了准备。最后大伙一块儿拉响了手榴弹……"老人的手微微抖动着，眼眶里噙满泪水："排长，我都看见了。当时我正好赶回到前面的山头上，我看见你们周围都是鬼子，只听一阵剧烈的轰响，就连空中盘旋的鸷鸟也吓得无影无踪……"

　　"爷爷，您在跟谁说话？"一位秀美的少女来到老人跟前，由于跑得急，少女双颊绯红，更添几分艳丽。

　　老人摸摸少女的额头，心疼地说："看你跑得满头大汗。"

　　"爷爷，刚才我好像听见您在跟谁说话？"

　　"我在跟菊花说话。你看这片菊花开得多好！"

　　少女惊异地望着老人，问："爷爷，您怎么知道这片菊花开得好？您的眼睛又看不见？！"

　　"是啊，我什么也看不见，可我感觉得到！"

　　这点老人早就知道了。当他将一畦菊花移到这儿，亲手栽下第一株时，他就知道菊花在这块土地上一定开得比别的地方更鲜艳更美丽。尽管以后他的眼睛（由于战争中受过伤）慢慢瞎了，什么也看不见了，可他什么都知道——当菊花盛开时，一定会有很多人称赞这片鲜艳这片美丽。但很少有人知道，是什么力量使这片菊花如此鲜艳如此美丽。而他知道这片土地为什么如此肥沃，因为他的战友将自己的生命赋予了这片土壤。

　　"爷爷，今天的报纸。"少女扬了扬手中的报纸，"我念给您听，文章的题目是《怀念当年古峰战役的烈士》。"

　　老人的心猛地一颤，不由自主地面向前方的山峰。

“当年古峰一战，我八路军某团的一个排为阻击日军一个团的兵力，坚守了三天三夜，最后全排壮烈殉国，尸骨无存。他们是排长陈峰、副排长赵锐、一班长张海、机枪手董连达、卫生员孙小芳，还有战士……”

　　老人神情肃穆，一动不动地面向前方的山峰。

　　“爷爷，您怎么啦?”少女扶住老人。

　　老人深沉地说：“前面就是古峰。”

　　“古峰?”

　　“古峰。”

　　“爷爷，那您知道当年的事吗?”

　　老人点点头，又摇摇头。

　　“爷爷……”

　　“我们回去吧。”老人打断少女的问话。是啊，当年的事一直埋在老人心里，不过哪天也该告诉她为什么这片菊花开得特别好。因为这地下有好多英魂，而她的爷爷就是当年的通讯员。

　　四面的山峰都染上了黄昏的夕阳。夕阳下的菊花地殷红殷红的，像血。这是那些英魂的血啊！老人想。

最后的温情

　　午夜，美国纽约唐人街。霓虹灯闪烁。一些无家可归的人蜷缩在屋檐下。大街西边拐弯角的一家中国餐馆早已打烊，而店内还有灯光。灯光下，一位中国老人正靠在吧台前慢慢地啜饮。

　　这时，一个年轻人从里屋出来，说："爸，从国内一起来的几个朋友想聚聚。你早点睡吧。"

　　老人边喝边说："你去吧，我想一个人坐坐。"

　　儿子是一个月前来美国的。本以为等儿子来美国继承他的产业后，他就回国与爱妻共享晚年之乐。谁知，爱妻早已先他离开了人世。近来他常常独自一人坐到深夜，有时甚至是通宵。

　　吧台上有一叠报纸，这是老人家乡的《天湖日报》，是儿子从国内带来的。老人已翻阅过许多遍了。在报纸的第六版右下角有个电话号码：8654321，这是天湖市广播电台"心海航行"热线，老人已经能背出这个号码。这些天来，老人一直想拨这个电话，可不知为什么又没有拨，今夜他想无论如何也要试试了。老人先拨了国际区号，又拨天湖市区号，再拨8654321，很顺利，通了。

　　"喂……"对方传来一个年轻女性的声音，很温柔："喂，我是天湖市广播电台'心海航行'节目的主持人爱妮，能为您做点什么？"

老人听了有点激动。他沉默了几秒钟，说："你叫爱妮？"

"是的。"

老人说："我是在美国纽约给你打电话。"

对方的声音有些惊讶："是吗？您有什么需要我帮忙的吗？"

老人说："我也没什么事，只是想听听家乡的声音。"

"那您现在听见了吗？"

"是的，我听见了，真好！"

"老人家，您在家乡有亲人吗？"

"以前我妻子就住在你所在城市的花园街上。"

"花园街，一条古色古香的老街，很温馨！"

"是啊，一条古色古香的老街，很温馨！可我的妻子已经不在了。"

"噢，是这样。您一直很怀念她，是吗？"

"是的，我总在怀念她，常常想起我和她年轻时初恋的情景。我想说给你听听，行吗？"

爱妮说："行啊，我很想听！"

老人开始讲起了他的初恋。

"我和我已故妻子是在上个世纪四十年代的一个夏日的午后认识的。那时候我才二十岁，正在天湖市的一所大学里求学。记得那天非常炎热，我路过一家小茶馆，就进去买茶喝。卖茶的是一位非常漂亮可爱的姑娘。当姑娘把茶递给我时，我发现自己没带钱。我不好意思地对她说，我忘了带钱。可她说，没关系，你喝吧。从那以后，我常去她的小茶馆喝茶。我们从相识、相知到相爱，以后又结了婚。记得结婚那天，我对她说，这一生我恐怕不能带给你荣华富贵，可我会好好待你！她说，我不求什么荣华富贵，只求我们的爱天长地久……"

说到这儿，老人稍稍沉默了一下，继续说："婚后，我们相亲相爱，很幸福！不久内战爆发，国民党反动派大肆屠杀共产党人，就连我们这些进步的青年学生也不放过。我也因是学校反战组织的成员而遭到当局的追捕。我在妻子的一个亲戚帮助下，远渡重洋来美国。到美国后，我举目无亲，只好靠打零工维持生计，一晃几十年。这些年，我在美国有了不少产业，可我身在异乡，每时每刻都在思念家乡的亲人，总盼望与妻子团聚。经多方寻找，不久前我终于与家人取得联系，可我万万没想到我的爱妻早在三十多年前就离开了人世……"

这时，老人已泣不成声。过了一会儿，老人平静了一些，又说："爱妮小姐，人老了，总有些怀念，你不嫌我唠叨吧。"

爱妮说："怎么会呢？对您的不幸，我非常难过！好在这样的悲剧不会再发生了！"

老人说："是啊，是啊。这些年我虽身在海外，但我很关注祖国和家乡的变化，常常通过不同的渠道听到家乡改革开放、昌盛发达的消息，作为炎黄子孙，我从心底里感到骄傲！只是唯一遗憾的是再也听不到我妻子的声音了。"

爱妮想了想，说："这样吧，我们来说两句对白，好吗？"

老人说："什么对白？"

爱妮说："就是您和妻子结婚时说的那两句。"

老人惊诧地问："这行吗？"

爱妮说："行，您说吧！"

老人显然是激动了，颤颤地说："当时我对妻子说，这一生我恐怕不能带给你荣华富贵，可我会好好待你！"

爱妮说："我不求什么荣华富贵，只求我们的爱能天长地久！"

爱妮的声音通过越洋电话，传到了老人心里。老人仿佛回到了他和爱妻结婚的那个晚上，那是他一生中最美好的夜晚……而那天夜里，老人在纽约的中国餐馆里静静地离开了人间。

数天后，老人的儿子带着父亲的骨灰盒从纽约飞回天湖市，找到爱妮，交给她一封信。信上这样写道：

  爱妮小姐，谢谢你在我生命的最后时刻，让我重温我和妻子结婚时的对白！其实，我早想回国了，只是身体原因，不能成行。半年前，我已得知自己患了癌症。而今当我回到家时，我就可以和妻子团聚了。我让我的儿子把一份遗嘱转交给你，希望你代我全权处理……

附遗嘱：

委托天湖市广播电台主持人爱妮小姐代理，把我的一半家产捐献给天湖市福利基金会，用于家乡的建设事业……

爱妮读完信，已热泪盈眶。

捡破烂的老鬼头

在巷口的垃圾箱内，阿曾老头发现了一件旧毛衣，他立刻喜上眉梢，真是难得的尤物。

已经好几天了，阿曾老头几乎翻遍市内所有的垃圾箱，可一无所获。唉，这年头连捡破烂这行当也越来越难做了。这不，废品收购价时不时地降低，而捡破烂的人却与日俱增。正当阿曾老头要拾起那件旧毛衣时，忽然不知从哪儿伸出一只小手先他而得。阿曾老头一惊，猛地抬头一瞧，是一个十二三岁的小男孩，正喜出望外地翻看着刚得的旧毛衣。

蓦地一股怒气往上涌，阿曾老头吼道："喂，小鬼头，这毛衣是我先看到的，应该归我！"

那小男孩并不示弱："老鬼头，毛衣是我先捡到手的，当然是我的！"

"小鬼头，你是抢去的。"

"老鬼头，这毛衣躺在垃圾箱里，谁都可以捡的。"

"你……"阿曾老头猛然扑向小男孩。谁知小男孩非常机灵，还没等阿曾老头扑到，他就转身跑了。

傍晚时分，城市华灯初上。阿曾老头来到城南大桥下的桥墩上，准备盘点一天的收获，这是每天必做的事情。可当看到那只蛇皮袋里倒出来的只是一些碎纸片之类的东西，他情绪有些低落，颓然地靠在桥墩柱上点燃一根烟。忽然，他好像听到有个稚嫩的声音在喊："爷爷，你不要走，你不要走嘛！"

"啊，我的小孙子……"阿曾老头茫然四顾，可什么也没有，他伤心地摇摇头。

阿曾老头捡了一辈子破烂，快四十岁时才娶了女人。据说那女人是外地来的，长得蛮漂亮的，心眼也好。可不知为什么，女人为他生了一个儿子后，就离他而去。后来据知情人说，那女人在四川老家有丈夫孩子，家里实在苦，她想出来挣点钱。可出来后人生地不熟的，连生存都难，更不要说别的什么了。这时刚好碰到了光棍阿曾……再后来，那女人老家的丈夫找来了，她不得不回去。从此，阿曾老头没再续弦，他靠捡破烂造起了一栋二层楼房，养大了儿子。儿子健壮得像头牛，又大学毕业，这是阿曾老头一生最大的骄傲。儿子进了国家机关干公务员，讨了个蛮秀气的媳妇，不久便有了大胖孙子。阿曾老头成天眉开眼笑的，风里来雨里去捡破烂，劲头更大了。可一天儿子对他说："爸，如今我们啥都有了，您该享享福了！"

阿曾老头说："这么多年了，我已习惯这种生活。"

儿子说："爸，习惯是可以改变的，比如说我以前也成天跟着您捡破烂，现在不是……"

阿曾老头笑笑说："哪能这样比。"

儿子说："爸，您就不为我想想？"

阿曾老头明白了，他深深叹了口气。

有一阵子，阿曾老头不再去捡破烂了。可整天待在家里憋得难受，上街溜达溜达，见到满地的废纸、易拉罐、塑料袋什么的，他的手又痒痒的，不由得"重操旧业"。没带袋子，他脱下外衣把这些废物包起来。回到家，儿子媳妇以为他买了什么，摊开一瞧，便傻了眼。阿曾老头见儿子媳妇不高兴，就连忙解释道："刚巧在街上看到这些，怪可惜的，就捡回来了，理理好卖钱。"

儿子脸一沉，说："谁稀罕这几个钱。"

父子间弄得很不开心。可事情还没完，第二天，阿曾老头捡破烂的大幅照片被刊登在市报上，还加了"热心的环保老人"作标题。原来阿曾老头在脱下外衣包起废纸易拉罐的时候，正巧被路过的记者看到了，记者立刻抓拍了这个镜头。阿曾老头突然成了"环保明星"，一些学校也找他作报告。他又回到了老行当，儿子媳妇要搬出去住，他想了想，说："还是我搬走吧，这楼房早晚都是你们的。"

阿曾老头在桥墩上迷迷糊糊打了个盹。这时，他又迷迷糊糊觉得有样东西盖在身上，睁眼一瞧，呀，是刚才垃圾箱里的那件旧毛衣。他身旁站着那个小男孩。

小男孩见阿曾老头醒来，便说："喂，老鬼头，你睡得这么死，小心生病！"

阿曾老头心里一热，"小鬼头，是你呀！"

"嗳，我刚路过这里看见了你。"小男孩说着在阿曾老头身边坐下来。

阿曾老头望着小男孩那亮晶晶的双眼，怜惜地问："小鬼头，你为啥出来捡破烂？像你这么点年纪，该在学校读书呀。"

谁知这么一问，小男孩竟"哇"地哭了起来。

"喂，小鬼头，你哭啥？"

小男孩边哭边说："爸爸跟妈妈离婚了，他们谁也不要我。"

阿曾老头心里一颤，便紧紧搂住小男孩说："小鬼头，不哭。他们不要你，我要你……"

大桥上灯火灿烂，一对对恋人依偎着轻轻走过。

老伙计

  天边乌云滚滚愈聚愈浓，眼看就要压下来了，多像当年战场上奔涌的千军万马。耿风拄着拐棍，一瘸一瘸往盘龙山顶爬。

  昨晚，一宵没睡，他觉得今天该进城去一趟。他要把那个大秘密捅出去。清晨便出了门，可刚走了一里地，又好像感到心里有些不踏实，于是绕了个大弯来到盘龙山。自打从税务局离休后，已有好些年没来这儿。这儿有他的老伙计。以前，每回干大事，他总得找老伙计合计合计，心里才有底。

  耿风气喘吁吁爬上了山顶。累乏得很，腰也直不起了。唉，上了年纪，不中用了。想当年爬这山，如在城里遛马路。

  "老家伙。"耿风总是这样叫他的老伙计。就连他的老伙计进了中央，电视里播放他接见外宾，耿风也这么称呼他的。

  耿风从怀里掏出一个扁形酒瓶，拧开盖儿，"老家伙，先喝一口，暖暖身子骨。"他想起了当年在部队上，他们总是这样面对面地喝。以后解放了，在地方上干税务，就喝得少了。老家伙曾说过干税务得保持头脑清醒。有次他酒后去收税差点误了大事，为此还遭了老家伙狠狠一顿剋。再以后，老家伙进了中央，他们一起喝的时候就更少了。每当老家伙来看他，就爱朝他怀旦掏酒瓶，还打趣地说："一醉方休。"

"老家伙，今儿有件事要跟你合计合计。我想把一个大秘密捅出去。当年和我们一起干的杨雄，他的儿子如今是华南贸易公司的总经理，这个公司名头上是国家开的，暗地里却干非法买卖。他们偷税漏税，还贪污受贿。如今这个公司的资产已达千万。"耿风说着又吞了口酒。

　　"老家伙，知道吗？这公司的后台就是杨雄。那老混账干了伤天害理的事，他把一个掌握证据的会计害了。那天晚上，我想找杨雄杀两盘，走到半路上，刚好碰上他与儿子坐车回来。我见他儿子脸色很苍白，衣服上有血迹。第二天又听说公司的会计失踪了。当时，我起了疑心。我曾去问过杨雄，他矢口否认。以后，我开始了秘密的追查，终于证实了那会计是让杨雄父子害死的。今儿我要替死者申冤！"

　　"唉，老家伙，这以前，我想了好长时间。杨雄那东西当年与我们有过生死之交，他曾救过我们俩。那次阻击战要不是他及时赶到，我们恐怕早就完蛋了。你说，我是不是做得太绝了？可缄口不言，天理难容！杨雄当年与我们出生入死打天下，也算是条好汉！没想到如今他私欲膨胀黑了心，干起了伤天害理的勾当。他是往我们这辈人脸上抹黑。"

　　"老家伙，我得除了他，以保证我们党的清白。你说呢？"耿风说着，又灌了一大口酒。

　　"老家伙，你以前常跟我们说，人不管走到哪儿干到哪儿，总要对得起良心，要一身清正廉洁；不管碰到多少艰难困苦，要坚定信念，永不放弃！我一直记得！"耿风说着靠在墓碑上，想听听老伙计的声音。

　　天空忽然响起轰轰的雷声。耿风仿佛觉得老伙计在说："哈哈，老耿头，你这小子还是当年的脾气，可惜我不能再助你一臂之力了。杨雄那混蛋已成了腐败分子，我们党内是容不得他的。可是，他的势力还很大，你要小心呐！"

　　耿风仰望天空，一个个闪电夹带着隆隆的雷声铺天盖地而来。他又想起了当年他与老伙计出征前的情景，那是何等的气魄，何等的壮观。他和老伙计都是将军，他们身后有着千军万马。现在不同了，他退休好多年了，他老了，还身带残疾，而他的老伙计早已入了土。

耿风又连喝了几口酒，并在墓前酹了一个弧形，把瓶子一摔，说："老家伙，跟你说了话，我踏实了！我这条老命豁出去了！等我干完了这件事，便来陪你！"

这时，暴雨哗哗倾泻而下。在风雨中，耿风一瘸一瘸地朝省城走去。

赝 品

　　文一平跟宝达曾在戈壁滩一块儿"修理过地球"，也算是患难之交。那时候，文一平因老父是"走资派"而下放至千里之外的戈壁滩；而宝达是"工人阶级"家庭出身，只因家中有六兄弟，刚好轮到他"上山下乡"，为此也来到了戈壁滩。文一平和宝达虽说是来自不同阶层的家庭，而在那杳无人烟的戈壁滩遇见同乡人，便大有"同是天涯沦落人"之感，觉得分外亲切。这是三十年前的事了。以后，文一平和宝达先后回了城，由于文一平老父的"解放"，他被安排在文化局工作，到如今也只混了个科级干部；再要上，学历和年龄已都不允许了。而宝达则是顶替父亲的职位进了一家丝织厂，从挡台工干到保全工。现在丝织厂已经倒闭，宝达也下了岗。

　　这么多年了，由于各自所处的环境和地位不同，文一平和宝达之间已疏远了，虽说同在一个城市，也难得见面。不想那天，他们却在钱币市场碰到了。文一平是这钱币市场的常客，这些年他一直在搞字画、钱币等古董收藏；而宝达是下岗后才到这儿来的。当时，宝达正拿着几枚古币在跟人交易。文一平见宝达手里的几枚古币是很值钱的"靖康元宝"，而宝达出的价钱又非常低，开始有些怀疑这是赝品。等文一平拿在手里反复细看后，觉得这几枚"靖康元宝"并非赝品，是地地道道的真货。文一平确定宝达是外行，便以高出别人一倍的价钱要买下这几枚古币。可宝达觉得不好意思，说："哪用这么多钱？你哥们儿要，就拿去吧，还给什么钱！"

文一平说："这怎么行，钱还是要给的嘛。"

宝达又客气地推了几推就收下了。于是，他俩边说话边一块儿走出钱币市场。站在路口，正要分手时，宝达又说："唉，说真的，我对古币这玩意也不懂行。要不是生活所迫，我也不会把家里的这些古币拿出来。"

文一平听了眼一亮，问："你家里还有？"

宝达说："有倒是还有几枚，我也不知值不值钱。"

文一平说："那干脆去你家看看！"

于是，两人又一块儿来到宝达家。宝达从墙角拿出竹梯架到阁楼便爬上去。一会儿，宝达从阁楼上捧出一个纸板箱下来，便打开纸板箱，从里面取出一个古色古香的木闸子递给文一平，说："你看看吧。"

文一平打开木闸子，看到里面有七八枚古币。一枚一枚地看。开始，文一平摇头说："乾隆通宝，崇祯通宝，不值什么钱。"可当他看到其中的一枚，心立刻一阵猛跳：乖乖，这是北宋的"熙宁通宝"，难得珍品！再看下一枚，文一平的心跳得更厉害："保大元宝"，五代南唐钱，珍品中的珍品！

文一平看完后，不动声色地把这些古币放入木闸子里。宝达迫不及待地问："怎么样？"

文一平说："有两三枚还可以，不过还谈不上珍品。"

宝达挠挠头，笑笑说："哪能啊，值几个小钱就行！"

"这样吧。"文一平平静地说，"你去钱币市场卖，也卖不了几个钱。咱是哥们儿，不唬你，我全买下了。至于价钱嘛，高出市场。"

宝达忙说："哥们儿，不要客气，你看着办！"

文一平说："那好，我出五千全买了。"

宝达听了一惊，说："这几个破铜钱，哪能要这么多钱？"

文一平说："按理是没这么多钱。可瞧瞧你老兄的家，没一样像样的东西。哥们儿，算兄弟我资助了。"

宝达搓着两手，说："这……这多不好意思……"

文一平说："咱哥们儿，还谁跟谁啊！"

宝达边谢边把文一平送到巷子口。文一平走了大老远才回过头瞥了一眼宝达的背影，狡黠一笑：这个笨蛋，如今一枚"保大元宝"起码值3万元。

数日后，文一平去南方广州参加一个古钱币拍卖会。在拍卖会上，文一平拿出"保大元宝"准备以3万元起价拍卖，可经拍卖会的几名古币专家鉴定，一致认为是一枚非常逼真的仿制品。

文一平当场晕了过去。

赔款之后

　　丰达服装厂会议室内烟雾缭绕，气氛异常凝重。

　　厂中层以上的干部差不多到齐了，可会议还未开始。此次会议由上级公司副总经理主持，将宣布对丰达服装厂厂长韩田雄的处理结果。此时，韩田雄正在会议室外的走廊上来回踱着，他想镇静一下再去面对一切。

　　两年前，韩田雄以出色的答辩一举中标，成了镇上这家服装厂的厂长。刚上任时，这家服装厂亏损好几百万，整个厂子一团糟。韩田雄大刀阔斧，从人事调动、工艺设备、产品质量、规章制度等方面着手，把厂子治理得井井有条。

　　服装厂有了起色，第一年就扭亏为盈，第二年开始生产外销产品。在韩田雄的计划里，第三年将引进设备，组成一条生产流水线……当然，这中间，他个人生活也出了问题，妻子因无法忍受他这个"工作狂"而离开了他。这也没什么，他索性以厂为家了。可是服装厂也并不顺利，生产开始出现逆转。

　　两个月前，韩田雄突然收到市进出口公司通知。通知说，贵厂近期为日本某公司加工的十万件服装有病疵。这真是给韩田雄当头一棒，他火速前往察看病疵，结果是有些服装的纽扣眼大小不一，以致纽扣无法锁住。根据合同规定，日方非但不付加工费，还将索赔损失费。日方代表说：

"考虑到你们是困难时期，这损失费就不要赔了。"

回厂后，韩田雄连夜召开厂级干部会议。他沉重地说："这责任主要是我负，因为这确实是我们的质量不过硬造成的！但为了信誉，我还是决定遵守合同赔款！"

财务科长立刻反对，说："对方不是不要我们赔款了吗？这笔赔款是数万美金呀，折人民币 30 多万元，我们厂目前的流动资金也不过 50 万元。"

全场一阵骚动。

韩田雄摆摆手，让大家安静。他说："我提议，本月开始先从我们的工资扣。"

又是一阵骚动，各种议论纷起："就这点病疵，日本人真刁！"，"怎么对工人讲？"……

销售科长说："目前最困难的是，有一些公司和厂家不愿跟我们再签合同……"

韩田雄听着干部们的议论沉思着，然后果断地说："这是一次沉痛的教训！目前，我们厂确实很困难，但我们更要讲信誉，履行合同！我决定赔款，一切责任由我负！"

消息一传出，工人们都来找他，有的骂他不近情理，有的说他吃里爬外，一定是得了日本人的好处。

韩田雄被免去了丰达服装厂厂长职务。他拿起行李，迈着沉重的脚步走出宿舍。蓦地，他呆了，门口挤满了黑压压的人群。人心都是肉长的，工人们虽有怨恨，但想到这两年韩田雄没日没夜领着大伙干，老婆都跟他离了婚。他落得这样的结果，大家都替他难过！说真的，他们都希望厂长留下来。

曾受过特等补助的困难户刘大朋含泪说："厂长，别走！我不要补助了！"

韩田雄心头涌过一阵热浪。他拍了拍刘大朋的肩膀，又转向大伙说："对不起大家了……"

泪水在这位坚强汉子的眼眶里打转，可他忍着，还是微笑着往外走。

工人们自然而然让出了一条道。

韩田雄艰难地走着，心在滴血。

可就在韩田雄走后的第三天，日本有好几家大公司纷纷前来签订合同。一位总经理说："我在日本的一些报纸上看到贵厂勇于承担责任，敢于赔款的报道。贵厂的举动令人敬佩！"

瘸腿万福爷

县报上登了一则消息：本县龙泉镇张万福老人在县工商银行中了头奖，得奖金10万元，当场捐给福利院1万元。

这消息，使一向默默无闻冷冷清清的瘸腿老头万福爷家门庭若市，街坊邻居都来道贺；那些小乡办厂和个体户也闻讯而至，都想得到万福爷的资助。

万福爷一下子成了小镇上的新闻人物。这也苦了他，连喝口酒的工夫都没了。他一个劲地抱怨不该走漏消息，搅得人心神不宁的。他记得中奖那天，报社来人采访，那胖青年拿着一闪一闪的相机对准他，一旁还有位戴眼镜的拿个小本子准备记录。这辈子万福爷没有经过这样的场面，他憋了半天说不出一句话。报社的人启发他："你是不是，比如投资啦，捐献啦……"

当时，万福爷也正在兴头上，就捐献了1万元给福利院。而今看到这么多人来找他，万福爷连连叹道："唉，人哪，没钱不好过，有钱也不好过呀！"

万福爷的父亲穷了一辈子，为此在他出生时，特请了位私塾的老先生，给取了个"万福"的名字，希望他将来能得福。谁知万福爷小时候非但没福气，还患了小儿麻痹症，瘸了一条腿。等他长大因不能做力气活，就学点手艺，干了鞋匠，倒也赚了几个钱，娶了媳妇。可媳妇没跟他过上一年，突然害上一场大病。万福爷不仅花光所有的积蓄，还背上一身债，结果媳妇还是死了。以后，万福爷就一直孤身一人过日子。

万福爷仍和原来一样，在小镇上一跛一拐地走着，既没新添衣裳，也没买什么家具或高档用品。

"这老头把钱放着干吗?"小镇上的人猜测着，议论着。

傍晚时分，万福爷照例拿着瓶子到小店打酒。那女店主也是镇上颇有名的人物，嗓门特别尖，出口又泼辣，镇上的人都喊她尖辣子。尖辣子以往很瞧不起万福爷，此时却一反常态，笑眯眯地说:"您老来打酒，新到的洋河大曲，我给您留的。"

万福爷想，今天太阳西头出了，往日你肯留给我啊。于是就说:"还是老样。"

"哟，如今您有的是钱，该换换口味了。"

"惯了，高粱酒够味。"

尖辣子讨个没趣，心想你神气个鸟啊，可表面上还是笑脸相迎:"明日用不着您来，让小翠给您送去。"

一连三天，都是尖辣子女儿小翠硬给万福爷"送货"上门。万福爷起先不让，可小翠的嘴不比她妈差，说得万福爷只好让步。

傍晚，小翠又送酒上门。刚进院，听到屋里有笑声。小翠往里一瞧，是本镇开办私人托儿所的杏杏。小翠转身就走。小翠本来就跟杏杏有气，她曾看上了镇税务所的那位小白脸中专生，那中专生却看上了杏杏。

第二天，镇上传出万福爷要认杏杏为干女儿的话。人们又议论纷纷:"杏杏这孩子有福气。"

"这丫头以前一直照顾瘸腿老头，这叫好心有好报。"

"什么好心有好报，说不定她跟老头的关系还不一般哩。"

"那当然，干女儿嘛。"

"谁跟你说这个，我说是那个……"

"这可不能乱说。"

报社的人也听说了这事，又来采访万福爷，问他是否认杏杏当干女儿。正生着闷气的万福爷，一听就把酒瓶一摔："你给我出去，出去！"弄得报社的人也悻悻离去。

　　万福爷病了，病得很厉害。他只肯让杏杏一人来看他。他对杏杏说："真难为你了，你一直顾念我，待我这么好，还为我受屈。要是你真是我女儿，该多好！可惜……"

　　杏杏含泪打断他，说："万福爷，您别这么说，我就是您女儿。"

　　万福爷抖索地从枕头下摸出存折和一张纸，说："杏杏，我怕要死了，这钱你拿着，我还立个遗嘱，我信你……"

　　万福爷死了。

　　县报上登了悼词，边上还附了一条消息：

　　张万福老人将 10 万元捐献给国家。遵照老人生前的遗嘱，准备在龙泉镇建造第一所幼儿园。

隧　道

山风肆虐地狂吼，仿佛要将整座大山掀走。

黄昏前，年轻的排长周凯又进隧道检查了一遍。几十吨梯恩梯已埋在隧道的另一头。一切布置就绪，明日只要按下引爆器，整条隧道就通了。这意味着 M 省第一条高速公路的首期工程将宣布结束。

两年多前，M 省规划一条贯穿东西南北的高速公路。根据上级指示，由铁道兵 S 师与 M 省共同承担这项工程。而要建成这条高速公路，必须打通横在东西中部的大巴山，开凿一条近千米的隧道。

大巴山山势险峻，众壑嶙峋。

当周凯带着他的兵们进驻大巴山时，大伙不禁倒抽一口冷气。

周凯咬咬牙说：“谁想离开，还来得及。”

没人要走。

爆破声震醒了沉睡的大巴山。豪放的号子满空回荡。风钻突突欢唱。

然而，一个月过去了，进度很慢。每天都有人受伤。有一名战士从悬崖上摔进谷底。每前进一步，都得付出沉重的代价。

将军亲自上山来了，他对周凯吼道：“速度太慢，要不能按期完工，我把你送上军事法庭。”

年轻的排长狠狠瞪了将军一眼，“你来试试？”

将军心软了，用爱抚的目光望着自己的兵，“实在不行，别硬撑，我另换人。"

年轻的排长挺倔，"不用。"

整整两年零八个月，周凯他们那个排付出了两名年轻战士的生命。

山风愈吼愈凶，简直像个老恶魔在山脊上乱蹦乱跑。半夜间，突然暴雨大作。顷刻，山洪如千万头野兽咆哮着扑向周凯的宿营地。

宿营地顿时大乱。

周凯撩起帐篷四面环顾一下大喊："通信兵，全排集合！"

十几秒钟，兵们已站在排长面前。

"大伙注意！"周凯迅速看了众人一眼，"山洪可能要进隧道，看来只有提前爆破。一班随我去隧道，其余的跟副排长下山。"

暴雨在黑夜里乱砸，山洪吞没了所有的帐篷。天地连接，肉眼已辨不清东西南北。

周凯他们磕磕碰碰摸到隧道口。就在他们要进入隧道时，忽然一股山洪从右侧的山谷里扑了出来。

看这情势，周凯立刻喊："一班长，安装引爆器已来不及了，你们快撤！"

"排长，让我去吧！"

"排长，我去。"

……

"别争了！"周凯吼着，像头豹子，"快撤！"

兵们流着泪退去。

周凯猛地转身冲进隧道。紧随其后，山洪也扑了进去。

几分钟后，一声惊天动地的巨响……

M省的高速公路终于建成了。

通车那天，将军带着他的士兵们在隧道口两旁种下三棵青松。

夕阳殷红了山脊，群山肃穆。

将军逐棵抚摩着。直到第三棵，他把脸颊轻轻贴上去，柔和地说："凯儿，我的好儿子，通车了……"

将军喃喃地说，老泪纵横。

棋　赛

　　厂工会举办的职工业余棋赛已到了最后阶段，冠军将在机修车间的钳工大伟和厂生产科的阿鹏两人之间产生。

　　大伟是个新手，这次能冲出重围，参加决赛本就不易，现在要跟阿鹏这样的老牌冠军交手，心里实在有点紧张。阿鹏是上两届冠军，为此压根儿没把大伟放在眼里。此时正与他的女友即被大伙称为"跳舞皇后"的小娇有说有笑的，一副稳操胜券的样子。

　　大伟对身旁的"死党"丁胖说："我真有点儿紧张。"

　　丁胖却拍拍大伟的肩膀，说："别怕，放开下，你准赢！"

　　比赛开始，双方不断落子。阿鹏出手老辣，攻势凌厉，颇有大家风度。而大伟静心以待，且不时化险为夷，倒也令众人刮目相看。双方对了近百手，居然不分上下。阿鹏这时才感到自己小看了对手，因一时难以取胜，不觉有些急躁。而大伟也在心里暗暗叫苦。从已对的近百手来看，无论是棋子的布局，还是棋路的变化，阿鹏均胜出一筹。大伟知道自己已竭尽所能，再战下去实难招架。

　　双方对峙着。

　　阿鹏抬头看着女友小娇，想从小娇那儿得到一个微笑以增添战胜对手的信心。然而，阿鹏却看到小娇正与丁胖靠得很近。丁胖双手比画着不知说些什么。小娇听着对丁胖露出一个甜甜的微笑。顿然，阿鹏心里一乱，落错了子。大伟开始一惊，不相信阿鹏这样的老手会在如此关键时刻落错子。可能有诈？而当看到"死党"丁胖跟"舞后"正亲热地不知说些什么时，大伟很快明白了。大伟为之一振，即刻吃掉了阿鹏一大片子。兵败如山倒，阿鹏很快输给了大伟。

赛后，大伟问丁胖："你老兄真有一手，也不知当时你跟'舞后'说些什么？"

丁胖淡淡一笑，说："我只跟她说了当初阿鹏如何两届夺冠的情景。"

"哈哈……"大伟笑弯了腰。

招　聘

　　W 公司要招聘一名年轻的业务经理。广告一贴出，前来应聘者络绎不绝。经过书面考试，剩下两名条件相同的 A 君和 B 君。名额只有一个，录取谁？于是主考人员决定对两人进行面试，择优录取。

　　一天，A 君和 B 君同时来到 W 公司总经理办公室。接待他们的秘书说："因有冷空气袭击我市，总经理马上要召开全公司骨干会议，做好防寒工作。你们隔天再来吧。"

　　A 君和 B 君刚出 W 公司大门，气温就急剧下降。A 君由于穿得单薄，回家患了感冒。

　　隔日，A 君和 B 君再次来到 W 公司。总经理歉意地说："不好意思，上回因临时要召开紧急会议，让两位白来一趟。"

　　A 君说："没关系，没关系。"由于 A 君病未痊愈，话中带着浓重的鼻音。

　　B 君也附和："没什么，没什么。"

　　总经理打量了一下 A 君，又说："A 先生，看你穿得厚厚的，鼻音又重，是感冒了吧?"

　　A 君说："是呀，前天来贵公司，回去时气温急剧下降，因穿得单薄，到家就患了感冒。今天天气虽暖和，我还是多穿些，以防不测。"

总经理听后笑笑转向 B 君，说："老兄，你穿得太单薄了吧?"

B 君摇摇头说："今天早晨我听了气象预报，气温在 15 摄氏度左右。为此，我出门时特意脱了一件。穿得少些，人轻快多了。"

总经理听了又笑笑，突然宣布面试结束。

第二天，B 君收到了录取通知书。

掌声再响

　　总公司的难题像团迷雾一直困扰着他，他陷于焦虑的旋涡，苦苦挣扎。在外人看来，他是全市最有影响的企业决策人，他得以大将风度出现在众人面前，就像刚才在全市工矿企业会上那样，使同行感到他的力量不减当年。回公司的路上，他走得有点累。两旁挺拔的杨槐，仿佛对他嘲弄似的撒下漫天的花絮。他苦笑地摇摇头。他身旁新提拔的年轻副手丁洪，对这一切很欣喜："董事长，春天真好！"

　　他乜斜着眼睛，眼角挂着妒意。

　　"……在这个世界上，没有爬不过的山，也没有涉不过的水。我们是用毛泽东思想武装起来的工人阶级，什么也难不倒我们！我们一定会战胜困难，一定会把工厂办成……"

　　掌声如雷。如雷的掌声中，他挥动着手臂。三十多年前，这儿还是一片荒滩野地，他的演讲震醒了沉睡的土地。就在这块土地上，他和伙伴们办起了全市第一家纺织厂。

　　远远望去，林立的烟囱吐着浓浓白烟，高大的厂房如巨人般站着。这与过去简陋狭小的工棚是没法比的，可眼下……

　　他紧皱眉梢在一座纪念碑前停下脚步。

　　这是市里为表彰他的伙伴在建厂的一次抢险中英勇献身而树立的。碑上镌刻着他熟悉的名字。那会儿，他跟伙伴们团结得像股绳。他们曾发誓永远在一起。如今，他最好的伙伴许海明已长眠于地下，陈伟国去了国外。唉，世上没有不散的宴席。

"老关，你们公司在市里一直处于举足轻重的地位。"会后，市长召他去，直截了当地说，"你当了这么多年厂长，千万不能在这竞争最激烈的时刻败下阵来。希望你们拿出新产品，以适应市场变化的要求。"

他望着市长，没有说话。

"怎么，有困难?"

"力不从心啊!"他低沉地说。

他的厂是全市的大企业。他的真丝绸缎花样品种的名气早在六十年代就在全国叫响，并在同行业中一直保持领先地位。可近两年一些无名小厂的崛起，对他冲击很大。一年前，丁洪提出了更换产品结构的新方案，却被他否决了。他不信，他那高质量的老品种会被淘汰，那几乎是他一生的心血。然而，事实上他的产品已卖不出去，大批积压在仓库里。眼前，迫在眉睫的是如何解决大批积压的产品，否则……

"这可不像当年的关锋。"市长打断他的沉思。

"我还像当年吗?"他真想哭。其实他不算老，五十八，按新的划分法，属中年。

市长亲切地拍拍他的肩，"希望你还像当年那样果断坚强。"

他轻轻抚着纪念碑上的名字，手有些抖。

"无数先烈抛头颅、洒热血换来的新中国，不能在我们这代人手里葬送! 有人想卡我们的脖子，这办不到! 我们一定要争口气! 别人能做到的，我们能做到；别人做不到的，我们也能做到!"

掌声如雷。豪放的号子。胜利的欢笑。

都是非常遥远的事了。那时，他很年轻，有使不完的劲儿，厂子一年比一年红火。现在厂子却面临着严峻的困难：大量产品积压，效益上不去，连续两年亏损；工人辞职的辞职，旷工的旷工。好几回，他都想用他的演讲，把工人拧成一股绳。可台下除了几声稀稀落落的掌声，再也没有出现过那种激动的场面。

　　他慢慢走进工厂。两点整召开全公司职工大会。对工人讲什么呢？眼前的厂房像在左右摇晃，要倒塌似的。他如一只原野上的困兽，焦虑地朝远方张望。

　　会场上挤满了黑压压的人群。走到台上虽只有几级石阶，可他觉得很漫长。每向上跨一步都十分艰难，汗珠自额际滚落下来。

　　当跨上最后一级，他眼前一阵晕眩，副手丁洪忙扶住他。丁洪有力的手立刻使他稳稳站住了。蓦地，轻松了许多，他感激地朝丁洪笑笑。而就在这一瞬间，他决定了他要说什么。

　　"同志们，现在我宣布辞去董事长职务。"

　　全场沉默了几秒钟。

　　"哗……"忽然，猛地爆发出雷鸣般的掌声。

少女之死

　　江南小城，冬雨绵绵。

　　这是一个阴冷潮湿的午后，在小城的太安桥下，人们发现一具女尸。顷刻，太安桥上及两旁围满了很多人。这对小城来说是一件惊天动地的事。据第一目击者说，他当时正在桥下的临河茶馆里喝茶，他是坐在靠窗的座位上喝茶的，他偶尔朝窗外一望，看见一位非常漂亮的女子从窗口走过。正是这位好看的江南女子吸引了他的眼球，以致他把头探出窗口想再看她一眼，与此同时，他又看到了不远处的太安桥的桥洞里有一件漂流物。这件漂流物随着河水的波动，在桥洞的石壁上碰撞着，一晃一晃的。他看出了这件漂流物像是个人。

　　"死人了！"一声惊呼震动了整个小城。很快，警方介入此事。据法医尸检报告：这具女尸的年龄在十八岁左右；身上无任何被人强暴的痕迹；从死亡的时间看，大约在二十四小时左右……因此，警方判断：此人属于自杀。没多久，警方就查实了死者的身份：死者生前是一所中学的高中生，叫孙春艳……省城一家新闻媒体就此事件作了报道，其中有一句话想在此重复一下："现在已没有人知道，在那个凄风冷雨的冬夜，这位十九岁的少女是怀着怎样的心情毅然走完了她短暂生命中的最后路程……"

　　小城的茶馆里有许多民间谈资，如小城的某位富商在外面养了五个小老婆，真不知他是怎么应付过来的；如小城的某位女人迷倒了高官，据说她现在已开了几家连锁店，丈夫睁只眼闭只眼；再如某人常拨打夜间的"情爱热线"，对方的"声音"真让人过瘾，等等。而如今，少女孙春艳之死成了小城茶馆里最重要的话题。关于少女之死的民间版本大概有两种：

版本之一：少女孙春艳为情所困。据说孙春艳暗恋上了学校的一位年轻又有家室的老师，她因得不到那位老师而……

版本之二：少女孙春艳为学业所困。据说孙春艳以前一直是位品学兼优的学生。因为她所在的学校是省重点中学，班里同学间竞争异常激烈，一次，她的考试成绩从前十名一下跌至四十多名，她在心理上承受不了压力……

我以记者的身份采访了孙春艳的父母。孙春艳的母亲因痛失爱女而悲痛欲绝，她只是反复说着：我的女儿，你为什么要死呢？我的女儿，你为什么要死呢？

在孙春艳生前的小阁楼上，我看到了她的三个日记本，这是她高一至高三时断断续续写下的。这是她母亲整理她的遗物时，在她房间的废纸篓中发现的已被撕成碎片的日记本，她母亲将这些碎纸片粘贴起来。在一个冬雨绵绵的夜晚，在小城的旅馆里，我读着孙春艳的日记本——

九月一日　秋

今天是开学的第一天，我的高中生活开始了。我在一个新的环境中认识了许多新同学，我喜欢他们。同时，他们都将是我高中生涯中的竞争对手……

三月十日　春

在一个温馨的春天的早晨，他从阳光中缓缓走来，从此他那青春阳光般的身影走进了我的心里……

四月八日　春

如今校园里流传着这么一首歌谣："分分分，学生的命根；考考考，老师的法宝；抄抄抄，考试的绝招。"我鄙视分数，可我又很无奈——书包最重的人是我，考试最多的人是我，起得最早的、睡得最晚的人是我，是我是我还是我……

五月八日　夏

夏天来了。以前我一直很喜欢夏天。夏天里栀子花盛开的时候，我可以无忧无虑地穿着花裙子在小河边尽情地玩耍；我还可以坐在小河边的石阶上，把脚丫伸进小河里戏水……

可如今父亲下岗了，母亲又有病，这意味着家里的经济更困难了。有时我想不读书了，早点工作，这样好为家里减轻些负担。我曾对母亲说起过这想法，母亲却说："你想都不要想，好好念书！"

不知为什么，我感到压力很大……

五月十日　夏

这段时间，我的成绩跌得很厉害，在班里，我已排在后面了。我不知道该怎么办。不过想想也是，我干吗这么拼命呢？跌就跌吧，无所谓！可父母那儿不好交代……

六月五日　夏

人世间，情为何物？这是这个世界上好多人都在追寻的问题！我喜欢一个人有什么错？……

六月十三日　夏晚

我终于给他写信了，我向他诉说了深藏在心底的秘密。可他却在班上大说一气，其实是不点名的批评，什么某某同学请放弃某些不切实际的想法，要珍惜，要集中精力学习；什么高考是我们现在唯一的奋斗目标……
废话！

佛对我说，苦海无涯。

我不知道该怎么理解这句话。

六月二十七日　夏

考试考完了，书包一扔，想轻松一下。可又不知道怎么轻松。心里还
是闷得慌。QQ 一登，同学问我，成绩如何？

我怔住。不知怎么回答。

七月五　夏

成绩知道了，作业拿到了，心里空荡荡的，不知道做什么。不想写作
业，不想去预习，不想去补习，作业什么的都见鬼去吧！高考也见鬼去
吧！我很想吼出声来，却无力地瘫在沙发上，笑得傻乎乎的。

十月三十日　秋晚

转眼又是深秋的季节。树上叶儿开始落了。刚才我出去走走。好久没
有在小河边走走了。我迷惘地走在小河边……

十一月十七　冬午夜

风沉默了。风沉没了。风存在吗？我存在吗？你存在吗？谁存在呢？
……

从孙春艳断断续续的日记中，我看到一位少女对生活的渴望和无奈！

可孙春艳，你为什么要死？你为什么要死呢？

冬夜的小城寂静无声，没有人回答我！

少年阿东

　　少年阿东走进学校附近的一家发廊时，年轻的女理发师正在替一位老头儿理发。女理发师朝阿东笑笑，问：理头发？阿东有些害羞地点点头。女理发师说：你先坐坐，我马上就好。

　　于是，阿东坐下来。阿东先看了一下室内的环境，墙上除了几张明星发型的照片，还加了几幅现代派装饰画，简洁而明快。正前方有两大面美容镜，于是阿东对着镜子看女理发师替老头儿理发。阿东看到镜子里的女理发师有一张妩媚的脸，笑起来非常好看。这使阿东想起他在乡村中学上初中时，教他英语的那位漂亮女教师的笑容也很好看！那时阿东常常被女教师的笑容所打动，并且暗暗地喜欢她！当然，阿东并不知道这种喜欢有什么意味，他只是喜欢罢了。

　　镜子里的女理发师有一双白皙的手，手指纤细又柔软，手指甲上又涂了玫瑰红指甲油。女理发师的手在老头儿的头顶不停地移动，这就像两只漂亮的蝴蝶在翩翩飞舞。阿东从老头儿的神情看出，他非常舒服，甚至有点儿飘飘然。阿东也看呆了！于是，阿东又想到漂亮女教师的那双手，很白很修长。阿东为了让女教师的手能摸摸自己，他曾躲在走廊的拐弯角，等女教师拿着讲义走过来，他装作没看见跑过去跟女教师撞了个满怀。女教师的讲义撒了一地，阿东拾起讲义说：老师，对不起！女教师拿过阿东拾起的讲义时，她修长的手指正好碰到了阿东的手。这只是一瞬间的接触，阿东感到一种美妙的音乐在他心头滑过。接下来，女教师的手又在他头上拍了一下，说：小心点，别跑！这一拍又使阿东有了一种柔软的快意……

嗳，该你了！女理发师叫了阿东一声。阿东才如梦初醒，他看到老头儿已理好发正在付钱。阿东坐上了椅子，女理发师给他戴上白围单。女理发师那纤细的手指时不时在阿东的脖子上划过，他有一种又凉又软的快感。

阿东觉得好久没有这种快感了。阿东是经过中考得了高分，从乡村来到城里读高中的。当离开那所乡村中学和那位漂亮的女教师时，阿东心里有种空落落的感觉。好在紧张的学习生活很快占据了阿东所有的思想空间，每天三点一线：寝室——教室——食堂。阿东班里的同学都很厉害，没日没夜地拼命，他们都知道能进这所重点高中不容易，所以格外珍惜。阿东的父母对他期望很大，希望他将来能读清华什么的。这一点阿东倒无所谓，不过他想自己能从乡村来到城里也不容易，得有个名堂……阿东有两个月没理发了，一头长毛，他觉得该理个发了。于是他从学校跑出来理发。

这时，女理发师手里的电剃器在阿东头上来回移动，同时女理发师的手也轻轻摩擦着阿东的头。阿东几乎闭上了眼睛，享受着这美妙的音乐般的快感。电剃器突然停了。阿东睁开眼，看见镜子里的女理发师放下电剃器，拿起剪刀和梳子又飞快地舞动起来。梳子和剪刀在女理发师的手里配合得相当默契。而就这时，阿东又突然从镜子里的女理发师那下垂的领口内看到两个圆圆的乳房。说真的，这是阿东第一次这么具体、这么真实地看到女性的部分身体。阿东的心突地狂跳起来，血液猛地往上奔涌。由于阿东过分专注，女理发师有所察觉，她直了直身子，说：看看你的发型怎么样？阿东还没回过神来，他脑海里不断地闪现刚才那一幕——两个圆圆的乳房不停地抖动着，就像春天里的两只白鸽。女理发师拍了拍阿东的头，说：喂，问你呢！阿东云里雾里地说：问什么？女理发师说：看看你的发型怎么样？阿东说：挺好的！女理发师说：别看走了眼！

接下来的两个月里，阿东出现了几个变化，一是上课老走神，学习成绩明显下降；二是每天中午或傍晚，阿东总会在发廊周围徘徊一阵；三是半个月理一次发，可阿东再也看不到女理发师那下垂的领口内的两只白鸽了，因为女理发师换了件紧领口衣服。每次理完发，女理发师总是用她那又白又修长的手拍拍阿东的头，说：好了！女理发师的脸上闪现出一种女性特有的妩媚和温柔，这使阿东感到很温暖！

一个周末的傍晚，茉莉花开得好清香。阿东又和往常那样踯躅在发廊的附近。女理发师忽然出现在阿东面前，说：喂，小男孩儿，带你去个地方！说着，女理发师拦了一辆的士。的士载着女理发师和阿东在弥漫着茉莉花清香的城市街道上行驶。阿东几次欲问女理发师要带他去哪儿，可他看到女理发师面带微笑地望着车窗外的那种恬静美丽的神态，又不忍心打扰她。当女理发师带着阿东走进天湖美术学院的大门时，阿东问：到这儿来干什么？女理发师说：让你见识见识！

女理发师和阿东走进了美院的画室。在画室里，阿东惊奇地看到了一幕：画室宁静而温馨，灯光柔和。女理发师的裸体缓缓地展现出来，流畅的线条构成了一个美妙绝伦的人体轮廓。女理发师用独特的人体语言与美院的学生交流。学生们神情专注，每画一笔都凝聚着他们对美的崇拜和赞叹！这时，阿东的心也从开始的狂跳中慢慢平静下来，他仿佛觉得漫天的茉莉花瓣轻轻地飘下来，轻轻地洒落在女理发师那绝美的胴体上……

那天夜晚在回学校的路上，阿东和女理发师有这样一段对话：

"你是人体模特儿？"

"我本来就是人体模特儿。"

"那你为什么要开发廊？"

"美发也是一种艺术。艺术会让人们的心灵变得纯洁！我喜欢艺术！"

"大姐！我可以叫你大姐吗？"

"当然可以！你这个小男孩儿！"

"大姐，你太美了！大姐，在你面前，我真是个小男孩儿！"

"小男孩儿，好好学习，天天向上！"

"大姐，我会的！"

……

满天星星闪烁，夜空回荡着少年阿东和女理发师的笑声。

红气球

"妈妈，妈妈，我都是 100 分。"小佳佳手举成绩单兴冲冲地跑进门。

惠芳正坐在梳妆台前对着一封信发呆，听到女儿的声音，忙转过身。

"妈妈，我都是 100 分。"

"好孩子，妈妈的宝贝。"惠芳边看成绩单边吻着佳佳的小脸蛋。

"妈妈，爸爸说过，考了 100 分，就给我买个顶大顶大的红气球。"

惠芳的心一颤。她看看床头柜上丈夫的相片，泪水在眼眶里打转。

丈夫出去好几个月了。野外作业，野外为家，这对于一个筑路工程师来说是极为平常的。当初，她决定嫁给他时，他曾挺认真地说："你嫁给一个筑路的，会受很多的苦。"

惠芳紧紧望着他的脸。她喜欢他那张经过风吹日晒雨淋的黝黑的脸。她觉得他挺男子汉的。他又说："你要慎重考虑。"

惠芳摇摇头。她不在乎。于是，他俩在他的那帮哥们儿和她的姐们儿的簇拥下，乘车沿着他设计的高速公路举行了婚礼。

哥儿们姐儿们手里都拿着一个红气球。红气球上都挂着丝绸条幅。条幅上写着"祝福你们！""愿你们白头到老！""为纺织女工跟筑路工的结合干杯！""女工万岁！""嫂子，快给我们大伙生个胖小子！"……

气球一个个飞上了天，天空红彤彤的一片。

浪漫的情调，浪漫的氛围，浪漫的婚礼。

人毕竟生活在现实里。婚后，丈夫很少在家。惠芳三班倒，又要带孩子。每次丈夫回来，满脸胡子拉碴，佳佳都不认得他，老问："叔叔，你找谁？"

丈夫怔了怔，就不顾一切地搂过佳佳一个劲儿亲着，"佳佳，是爸爸呀……"

看到这情景，惠芳的泪水扑扑往外涌。

"妈妈，爸爸怎么老不回来？"佳佳嚷着。

"你爸爸……"

"妈妈，你怎么哭了？"

惠芳赶忙抹了下眼角，"妈妈没哭。佳佳，你看，外面阳台上是什么？"

"啊，是红气球。妈妈，爸爸回来啦？"

惠芳摇摇头，"爸爸没回来，是他托人捎给你的。"

"爸爸真好！"佳佳喊着跑到阳台上。

惠芳也跟了过去，帮佳佳解开拴在栏杆上的绳子。佳佳手牵细绳，红气球在头顶飘荡。

"妈妈，爸爸带话没有？"

"带了，他要你好好学习，每次都考 100 分，将来长大了也当筑路工程师……"

佳佳看着头顶上的红气球，好一会儿又问："妈妈，红气球会飞得很远吗？"

"会的。"

"那它会飞到爸爸那儿吗？"

"我想会的。"

"妈妈，那把我的成绩单绑在气球上，让它带给爸爸。爸爸看到都是100 分，一定会很高兴很高兴的。"

惠芳猛地搂住佳佳。

这时，一阵风吹进卧室，梳妆台上那信纸轻轻地飘起来，又轻轻地落在地上。那是丈夫单位的领导亲自送来的慰问信，信中写道：优秀共产党员、工程师孟刚同志在开凿 105 隧道的一次事故中，因公牺牲……希望你……

　　天边有片夕阳在燃烧。红气球缓缓飞上了天空。

　　佳佳挥动着小手喊："红气球，快快飞吧，飞到爸爸那儿去……"

　　惠芳忍着泪也喊道："红气球，快快飞吧，飞到爸爸那儿去。告诉他，佳佳长大也当工程师……"

　　红气球飞呀飞呀，一直朝那片燃烧的夕阳飞去……

青涩香蕉

    高三学生郭小冬接到学校通知："下午两点半到多媒体教室听课。"郭小冬真是一头雾水：马上就要高考了，这是上什么课啊！

    下午两点半，郭小冬准时走进多媒体教室时，发现同年级有二十位同学来听课，其中夏小花也在，还有不少老师及家长。

    郭小冬有些莫明其妙地朝夏小花挤挤眼，夏小花则微微地一笑。郭小冬想起昨晚与夏小花的亲密接触，当然这仅限于接吻。说真的，这感觉很好很自然。开始，他们谁也不知道他们会接吻。当时，他们只是在公园的假山背后有个约会，交谈交谈，谈的也只是有关班里的一些事情。不过谈着谈着，郭小冬忽然发现夏小花的嘴唇非常好看，那粉红色的嘴唇细细柔柔的，像一朵清新的百合。郭小冬很自然地靠过去轻轻地在夏小花的嘴唇上吻了一下。夏小花脸一红，但并没有拒绝。于是，郭小冬又很大胆地吻上去……

    上课了，教室的屏幕上突然出现一行字：青春健康观摩课——对爱情负责，对自己对家庭对社会负责。

    座位上有的男生张大了嘴巴，有的女生害羞地低下了头。主讲老师皮克让几位同学上台表演一个话剧，大致剧情是：小佳和小海是同班同学，临近高考了，他们却经常一起放学回家，途中到河滨公园玩或去肯德基就餐。这件事被老师知道后，通知了双方的家长，两名学生也被狠狠地训了一顿。

演到这儿，话剧结束了。

这时，座位上的郭小冬和夏小花不约而同地互相对望了一眼。边上的同学又窃窃私语："这老师也真是的，干吗训他们？我想，要是真心相爱，就该让他们交往！""快高考了，还是应该停一下吧。继续交往一旦出了事怎么办？"

教室的屏幕上又出现了一段录像：某妇幼保健医院少男少女门诊科，一位身材瘦削、穿着羽绒服的女中学生走进门诊，她向医生打听能否做"可视人流"。医生问她：你几岁了？女中学生说：十七岁。医生问：你们发生关系的时候，知道避孕吗？女中学生说：不知道！医生问：你什么时候知道自己怀孕了？女中学生说：一直不知道，只是近三个月没来月经。医生又问：你有没有向你妈妈咨询过？女中学生说：没有。医生又问：你和男友上学时上过生理课吗？女中学生说：上过，但老师讲到这儿时就跳过去了……

（屏幕画外音：现在妇科医生都总结出少女怀孕的公式了。据妇科医生分析，恋爱——性行为——无避孕——妊娠——不知道怀孕——人工流产或引产……）

录像又结束了。一片静默。稍后，皮克老师示意表演话剧的同学再次上台。话剧的结尾有两个版本：一是小佳、小海和以前一样交往；二是小佳不理睬小海。

接下来便是一场激烈的讨论。一位男生说："我觉得小佳和小海可继续交往，只要他们保持这种纯真的友情。"有好几位同学表示赞同。

一位女生却反问："你能保证他们能这样继续交往？一旦他们越过底线呢？所以我反对他们继续交往。"

大部分同学选择中立，理由是学习很重要，男女正常的交往也很重要，两者可以做到互不影响。有位同学还提出了方案，譬如相互勉励，相互竞争，减少单独相处时间等等。

皮克老师摆摆手说："同学们，你们的讨论都颇有启发，问题是大家该怎么做？"

有趣的是讨论接近尾声时，在场每位同学都得到皮克老师所发的一个香蕉。

"太生了，涩涩的！"一位同学刚咬了一口就大嚷起来。接着大伙都抱怨皮克老师把未成熟的香蕉给他们吃。皮克老师却意味深长地笑笑。

郭小冬走出多媒体教室时，夏小花正站那栀子树旁，白色的栀子花撒满了一地。郭小冬的心又猛地一动：夏小花就像这栀子花。

夏小花拿着青涩的香蕉对郭小冬说："你想尝尝吗？"

郭小冬朝夏小花深深地望了一眼，然后说："不想！"

夏小花把香蕉一扔，说："你浑蛋！"转身跑了。

郭小冬在她背后喊道："夏小花，你像栀子花！"

青春往事

　　童一凡老教授每天傍晚必须出来散步，看看黄昏的夕阳，看看城市的建筑，看看美丽的少女，心里涌动着青春的往事……这给他晚年寂寞的生活增添了一抹色彩。

　　童老是两年前退休的。那个时候，他的女弟子秦敏刚好从国外进修回来，学院中文系需要提拔一个年轻的系主任，老教授作为学院的权威人士就把她推荐上去了。老教授特别宠爱这位年轻美丽又有才华的女弟子，譬如老教授在学科上常常为她"开小灶"，她是班里最早发表学术论文的，她又是第一个出国的；再譬如，老教授对秦敏的生活也非常关心，常常问寒问暖……以致他的许多门生特别忌妒。至于老教授为什么这么宠爱这位女弟子，宿舍里曾有许多议论：秦敏的母亲也是老教授的学生，说不定有特殊的关系。别瞎说，老教授的为人是大伙一致公认的！教授喜欢她，还有什么理由……对于秦敏来说，老教授的关爱就像一个父亲那么自然。可有一点秦敏始终不明白，老教授为什么独身？有时和童老在一起，秦敏曾问过这个问题，可老教授没有给她答案。

　　这是个杏花瓣纷飞的春天的黄昏，童老跟往常一样又出来散步。大街上的霓虹灯广告牌闪烁着，城市的女孩们穿着花毛衣，青春飞扬。许多女孩挽着恋人的手臂，开心地走着，笑着。真好！童老从心里羡慕。这时，他突然看见他的女弟子秦敏独自一人在不远处的林荫道上踯躅。然而他觉得，在这春天里，这位女弟子好像有种落寞的感觉。于是，他走过去，走到女弟子的背后叫了声："阿敏。"

女弟子转过身见是童老，便说："教授，您散步啊！"

童老说："是啊，你也散步？"

女弟子点点头。于是，女弟子扶着童老的手臂很自然地一起散步。

一天、二天、三天都是如此。

第四天，当童老和女弟子再次相遇时，童老问："阿敏，你好像有心事？"

女弟子说："没有啊！"

童老说："怎么没有？我从你的眼神中看出来，你一定有心事！"

女弟子突然靠在童老肩上哭了起来。

童老轻轻拍拍女弟子的肩，说："阿敏，你怎么了，别这样！"

女弟子边哭边说："教授，我喜欢上一个人，可我又不敢对他说。教授，你说我该怎么办？"

童老说："你喜欢这个人有多久了？"

女弟子说："很久了！"

童老说："那你为什么不向这个人表白？"

女弟子说："我没有勇气向这个人表白。"

童老说："噢，是这样！"童老沉思了一下，又说，"阿敏，我给你讲一件往事吧。"

女弟子擦拭泪水，望着童老。童老说："那是很多年前的事了。那时，我很年轻，充满激情。我大学毕业留校，担任大一中文系的班主任。当时班里有位女学生，漂亮活泼，又有灵气，我非常喜欢她。当然开始只是一般的喜欢，可不久这种喜欢便搅得我心神不宁。我每天都想这位女学生，以致讲课也无法集中思想。当然那位女学生是不知道的，我也不可能让她知道。就这样过了一个学期。放暑假前，我曾问她，暑假有什么打算，她说想和同学一起去丝绸之路看看。我对她说，我有个研究课题是关于丝绸之路的文化背景，正好也想去那儿。她听了兴奋地说，那老师带我们一块儿去吧。我们正好没有男同胞护驾，请老师当我们的护花使者。就这样，我带着六位女学生到新疆塔里木河一带考察。夏天的新疆弥漫着葡萄成熟的芳香，我的学生和新疆女孩一起跳起了哈萨克舞，尤其是那位女学生的舞姿真让我着迷！那个时期我完全爱上她了，但我又不能让这种感情流露出来。考察结束，还有一半假期，她和同学各自回家了，我呢，回到了学校。噢，这期间我还做了件傻事。那是分别的前一夜，我到她们的房间，刚好她们都出去了。我看到桌上有一只淡黄色的蝴蝶发夹，我知道这是她的。于是，我不由自主地拿起了发夹闻了闻，发夹上有股淡淡的清香。这时她急急忙忙地跑进来，见到我说：童老师，你怎么在这儿？我有些慌张，手紧紧捏住发夹，说：我来找你们，看有什么活动。她说：刚才我们也找你，大家想去夜市逛逛，我是回来拿发夹的。她说着朝桌上看了看，又在床上翻了翻，说：我的发夹不知放哪儿了？她看了看我说：算了，不找了！我们一块儿去逛夜市吧，她们都在外面等着呢。我和她走出房间时，我手里还紧紧捏着她的发夹。回到学校，我常常看着这只淡黄色的蝴蝶发夹，把对她的思念写进日记里……"

城市的灯光透过树林，斑斑驳驳投射到林荫道上。这时，女弟子扶着童老在路旁的一张石椅上坐下来。童老朝远方看了看，继续讲道："这样一直到开学。当我见到她带着一脸的阳光回到校园时，我真想上前拥抱她！她见到我还是那么无拘无束，说：童老师好！可这一问候突然打碎了我的梦幻——我知道我和她是师生关系！此后，直到她毕业，我还保存着她的发夹，可她已经有了恋人。那时我才知道，我是单恋，可我不后悔！"

女弟子说："教授，这对你不公平，你为什么不向她表白？"

童老说："爱情就是这样，没有什么公平不公平的。你知道她是谁吗？"

女弟子问："她是谁？"

童老说："她是你母亲！"

女弟子一脸惊讶，反问："我母亲？教授，这是真的吗？"

童老点点头，说："阿敏，你不会认为我……"

女弟子笑笑说："教授，我真没想到，你会对我说这些。"

童老说："阿敏，我只是对你说了段青春往事。"

城市的夜空星光灿烂。一群少男少女欢笑着从童老和他的女弟子身边走过。童老感叹道："年轻，真好！"

女弟子也说："是啊，年轻，真好！"

童老看了看女弟子又说："阿敏，你明白我为什么要给你讲这件事吗？"

女弟子点点头，说："我明白！这是一段往事，而今天的事也将成为往事！"

女弟子说着又扶起童老，慢慢地走出林荫道。

鼓掌练习

"啪啪啪——注意了，要保持鼓掌的节奏！"

"啪啪啪——要使劲鼓掌，让掌声雷动，让整个场面人气旺旺的！"

"啪啪啪——安妮，提起精神来……"

"啪啪啪——林辉，你跟不上节奏。请看，要这样……"

在操场上，皮克老师不停地给学生们讲解鼓掌要领，指挥着学生们进行鼓掌练习。

过几天，学校要举行大型活动——少先队活动中心落成典礼。学校的少先队活动中心新建筑是由市里一家民营企业赞助建造的。一直以来，学校领导非常感激，几次宴请这位民营企业家，却都被委婉谢绝了。如今这少先队活动中心落成了，市委区委的领导、市区教育局的领导都要出席典礼活动，所以这场面一定要隆重而热烈。当时学校领导班子商量此事时，就有人提出营造场面热烈的气氛，跟全体学生们的鼓掌有关。这掌鼓得响亮很重要，同时光响亮是不够的，还得有层次感，有节奏感。为此学校规定在校全体学生一定要进行鼓掌练习。由体育老师皮克承担这项训练任务。

"啪啪啪——注意了，要保持鼓掌的节奏！"

"啪啪啪——要使劲鼓掌，让掌声雷动，让整个场面人气旺旺的！"

"啪啪啪——安妮，怎么又走神……"

"啪啪啪——程松松，你的动作不规范。请看，要这样……"

五年级学生安妮又被皮克老师点名了。安妮是这学期刚从美国转来的。她父母是"海归"，安妮当然是个"小海归"喽！她被安排在这所全市最好的小学。

刚才安妮在练习鼓掌时突然想起在美国读书时参加的一次休业典礼。在那次典礼上，她的同学——双脚残疾的小莫比克以非凡的表现获得了学校的奖励。当校长宣布他获奖时，全场掌声雷动。特别是小莫比克上台领奖时，大伙儿给他的掌声一浪高过一浪，真成了掌声的海洋！大伙儿都从心里为小莫比克鼓掌！

"啪啪啪——注意了，要保持鼓掌的节奏！"

"啪啪啪——要使劲鼓掌，让掌声雷动，让整个场面人气旺旺的！"

"啪啪啪——安妮，怎么老走神……"

"啪啪啪——王小冬，这次是你跟不上节奏……"

"老师！"安妮突然举起小手。

皮克老师一愣，问："什么事？"

安妮说："老师，练习鼓掌，练得我的手臂都酸麻了！"

皮克老师说："手臂练酸了，要坚持嘛！"

安妮又说："老师，我不明白为什么鼓掌还要练习呢？不是拍拍手就行了吗？"

安妮说完就用双手随意地拍起来……

"啪啪啪……"

皮克老师目瞪口呆。

寻找偶像

　　林茵费了好多周折才打听到韩力现在的住址：红墙湾 688 号。此时她正沿着街道按门牌号一路寻找过去。

　　这是个鲜花盛开的季节。街道两旁的各种花草正探头探脑开得好烂漫，仿佛在向林茵致以亲切的问候。

　　见了面，该对韩力说什么呢？多年来，她把爱珍藏在心里……林茵边想边抬头瞧瞧门牌号：是 156 号……

　　中学时期，班里的男女同学都有自己心中崇拜的偶像，譬如某电影明星或某歌星或某体育明星等等。可林茵却把韩力作为自己崇拜的偶像。

　　韩力是林茵的同班同学。那时，韩力是班上的体育委员，林茵是语文课代表。不知为什么，每次看到韩力在田径场上那充满活力的英姿，林茵青春的内心总会涌起一股莫名骚动，脸颊上有一阵发热。林茵喜欢写诗，于是她就把这种感觉用诗句表达出来。她在日记本上这么写道：他英俊/他健壮/他潇洒/他是青春的勇士/他是真正的男子汉/他是力量的化身……

　　一次，全班同学去春游，在山道上突然遭遇一场暴风雨。当时，韩力挺身而出，运用现代京剧《沙家浜》中的英雄人物郭建光的台词加以发挥，他喊道：同志们，暴风雨来啦，我们要学那泰山顶上的青松！同志们，考验我们的时刻到啦，男同学照顾好女同学！那个时候，林茵就在他身后，他那健壮的身躯为林茵挡风挡雨。林茵心里很激动，诗句立刻呼之而出：他是一道坚固的城墙……此后，林茵几夜不眠，他那健美的身影不停地在她眼前跳跃。林茵那青春的心再也无法平静，于是她写了一首诗寄给韩力。

林茵又抬眼瞅瞅街道上的门牌号，此时已过了 286 号……

林茵记得，她写给他的那首诗中有这样的句子：

> 无数个黄昏
> 我在街头徘徊
> 徘徊中寻觅你的身影
> 无数个深夜
> 我在梦中呼唤
> 呼唤你的名字

韩力给林茵回了信，他说：我很感激你！你是个可爱的少女，我也喜欢你！但是，我们现在都是中学生，我们应该把全部精力都投入到学习中，希望你理解！

林茵读了他的信后，更钦佩他，更爱他了。她觉得他很了不起，甚至好伟大。她又给他写信：我非常敬慕你！我能等你，哪怕是十年二十年……

中学毕业后，林茵考取了北京一所名牌大学的中文系，韩力进了体育学院。在大学里，有不少优秀的男生追求过林茵，可她没有动心，因为韩力在山道上为她遮挡风雨的形象始终牢牢占据着她心里的位置。好多次，林茵想给韩力写信，可她又克制了，她把全部的感情都寄托在诗句上。她不停地写，又不断发表。而今她的第一部诗集出版了，她题名为《少女的偶像》，在这本诗集中凝聚了她对韩力的全部爱情。

林茵边走边情不自禁把手伸进提包，纤柔的手指轻轻摩挲着光滑的封面，多少年的渴望和等待呀！林茵再一次瞧瞧门牌：688 号……韩力的家。

咦，怎么会是一家草席店？

林茵看见一位发胖的男人抱着一个婴儿正在卖草席，便上前问："请问，韩力是不是住在这儿？"

男人抬头瞅了她一眼，立刻惊喜地说："你是林茵？"

林茵努力搜寻贮存在自己心里的韩力的形象，这跟眼前的他变化太大了。她说："你是韩力？"

男人说："是呀，你认不出啦？"

林茵忽然觉得自己一下子从很高的地方坠落下来。她摇摇头，说："你变了很多。你不是在体院吗，怎么卖起草席来了？"

韩力说："毕业后分配在县中学当教师。这是我妻子开的店，她下岗了。一个人忙不过来，我这是帮帮她。唉，生活难啊……"

林茵听着韩力的诉说，又突然感到自己太幼稚了，她说什么也无法把心里深藏了多年的他与现在的他融合起来。林茵不知是怎么告别韩力的。那晚，她又写了一首诗：

> 天上有无数颗星星闪烁
> 可我心中一直存放着曾经渴慕的那颗
> 那颗星星最亮
> 有一种夺目的光泽
> 这是少年的天真
> 这是青春的冲动
> 我不知道我还会存放多久
> 时间会改变人的思维
> 岁月会冲淡人的向往
> 可这将成为永恒的回忆

莫斯科郊外的晚上

夏日里的某个傍晚，刚下过一场雨。雨后的彩虹七色斑斓。一群褐色的飞鸟于城市上空盘旋。其时我正于城市的郊外散步。路边开满了一蓬蓬白色的小花，花丛里一双双蝴蝶在嬉戏。田间稻穗飘香，周围宁静而又温馨。面对这一切，我心里充满了遐想。蓦然，不知从哪儿飘来一阵低沉浑厚的男子歌声：

> 深夜花园里
> 四处静悄悄
> 只有树叶沙沙响
> 夜色多美好
> 令人心神往
> 在这迷人的晚上……

歌词是那么熟悉。这是一首前苏联抒情歌，歌名叫《莫斯科郊外的晚上》。歌中通过夜晚的图景和主人公的内心独白，十分传神地表达了初恋者羞涩和矛盾的心情。歌的曲调非常优美。我驻足静听，听着听着，眼圈都潮湿了。

往事悠悠。上世纪七十年代初，我上初中。那时学校每学期都要进行"学工"、"学农"或"学军"活动。这些活动中，我颇喜欢"学农"，因为"学农"得住在学校的学农分校。分校设在离城十多公里外的云巢山，山上翠竹青青，鸟语花香，溪水叮咚。从我们的住地眺望：远处是连绵起伏的群山，山脚下各村落炊烟袅袅；近处是一片片被开垦出的菜地和果园，每当初夏至中秋，各种蔬菜郁郁葱葱，瓜果挂满枝头。好一派田园风光！

我们的班主任老师是位年轻大学生，中等身材，白净肤色，且有副好嗓子，地道的男中音。那时兴唱颇为流行的政治歌曲，要么就唱"革命样板戏"中的插曲。至于那些表现男女间爱情的歌曲是不唱的，因为那时绝大多数的爱情歌曲皆被冠于"黄色毒草"而禁唱。不过我们常听到年轻的老师哼些我们不知名的曲调，曲调很优美很动听。当时我们还知道老师正在恋爱，恋爱的对象是他大学里的同窗。老师每天总乐呵呵的，劳动起来有使不完的劲，脸上洋溢着一种幸福的光彩。这大概就是人们常说的爱情的缘故吧。

一日，由于大面积种植番薯苗，我们累到傍晚才收工。夕阳渐渐隐去。大伙肩扛农具往回住地的路上没精打采地走着。这时，不知谁提了句："老师，给我们大伙唱首歌吧。"老师说"好啊"，便唱起了"雄赳赳，气昂昂，跨过鸭绿江……"可老师刚开个头就被我们打断了。一女生说："还雄赳赳呢，人都累坏了，肚子又饿得咕咕叫。"我接上去说："老师，换个吧，带点抒情味的。"老师想了想，说："好吧。"接着又唱起来，

……
我的心上人坐在我身旁
默默看着我不出声
我想对你说
但又难为情
多少话儿留心上……

老师唱得很深沉，大伙都被打动了，以至忘了疲劳，久久沉浸于歌声里。

末了，我问："老师，这歌名叫什么?"老师说："歌名叫《莫斯科郊外的晚上》，在世界好多地方都流行过。"可就是这首《莫斯科郊外的晚上》却给我们这位年轻的老师带来了厄运。以后他被定"腐蚀青少年"的罪名，在学农分校的猪棚里待了整整八年，直到"文革"结束才回到学校。

记得毕业前夕，我去学农分校看过老师一次，那是缘于老师的女朋友之故。当时老师的女朋友在杭州工作，她来学校看老师，碰巧在校门口遇上我。我说你是找老师吧。她说是的。我说老师在学农分校。她满脸惊愕。我带她去了学农分校。当我们走进那个散发着酸臭味的养猪场时，老师腰围饭单正给猪喂食，猪圈里的猪们嗷嗷尖叫着争抢食物。老师的女朋友一见到老师就哭了。我立刻走开去。老师和他的女朋友说了好多话。快傍晚时，他们才依依不舍地告别。我和老师的女朋友在回去的山道上默默走着。忽然间我们身后响起了老师那浑厚的嗓音：

 ……
  长夜快过去
  天色朦朦亮
  衷心祝福你，好姑娘
  但愿从今后你我永不忘
  莫斯科郊外的晚上

老师的女朋友听着听着，泪水又夺眶而出……

一晃好些年过去了。上世纪八十年代初的一个春意浓浓的日子，老师和他的恋人结为伉俪。当时我和几个同学去参加了他们的婚礼。婚礼上，我们请老师再唱一遍《莫斯科郊外的晚上》。老师唱了，不过那回老师是跟他心爱的新娘一块儿唱的。

让我轻轻握住你的手

女儿十七岁，刚上高二。开学后不久，有同事告诉我，他常看见我女儿跟一个品行不端的女孩在一块儿。得知这情况，我跟内人都非常担心。因为像女儿这种年龄正是人生的关键时期，弄不好很容易学坏。不过我还是不动声色地问女儿："听说你最近交了新朋友？"

"是啊。"女儿边做功课边回答我，"她叫徐小玫，从六中转来的。我们挺谈得来。"

"听说她曾……"

女儿立即打断我，说："爸，我不明白，有人干吗老爱揪住人家的过去呢？"

内人正在做饭，听了女儿这话，忙从厨房里出来说："什么揪住不揪住的，你最好还是离她远点。"

女儿没吭声。谈话自然不欢而散。

过了一星期，我又得知女儿在班里换了桌，跟徐小玫一块儿坐了。楼层里的邻居知道女儿跟品行不端的人做伴，都鄙视我们。

一天，我去跟女儿的班主任宋老师联系，刚巧有位妇女也在。从她们的谈话中我得知那妇女就是徐小玫的母亲。徐小玫的母亲小心翼翼地说：

"宋老师，小玫这孩子表现怎么样？没给您出什么乱子吧？"

宋老师笑笑，说："没有。小玫是个可爱的孩子。"

听了这话，徐小玫的母亲显然是松了口气。她又说："我跟小玫的父亲都在特区工作，一年难得回来几趟，平时没法管她，全靠您费心了。"

"没什么。小玫很好，你放心吧！"宋老师说着把我介绍给她，"这是沈薇的父亲。沈薇是班里的优等生，也是小玫最要好的同学。"

"是吗？"小玫的母亲似乎很感动，"小玫这孩子一向孤独，很少有朋友的。"

碍于情面，我只好说："是的，我女儿跟小玫很投缘。"其实这并不是我真正的意愿。

小玫两次来我家找女儿，都被我找借口挡于门外。可女儿一有空就去找小玫，还带到家来玩，弄得我跟内人挺尴尬的。

我所在的公司最近失窃，出事点正是我负责的部门。于是外面有传闻说很可能是里应外合，而几个人中我嫌疑最大。这时正好我有可能升职。我又急又气，肝病复发，住进了医院。女儿放学后来医院，手捧一束白玫瑰。白玫瑰鲜艳夺目，煞是可爱。女儿说："这是小玫送的。为买这花她几乎跑遍了整个城市。她还写了封信让我交给你。"

小玫的信是这样写的——

叔叔：

你好！听小薇说了你的事，我就上街去买了束白玫瑰送你。叔叔，让我轻轻握住你的手！祝你早日康复！

我曾有过"偷窃行为"，你早知了吧。然而现在我想告诉你你所不知的事。初中毕业前夕，班里有位女生少了10元钱，她硬说是我偷的。因为当时只有我接近过她。为此我遭到同学们的鄙夷。可毕业后有一天，她突然来对我说钱不是我偷的。因为她在整理书籍时无意中发现了那10元钱，这才想起是她自己夹在书里的。事情已过去好长时间，可现在还有许多人不知真相而鄙视我。小薇却没有！你也没有，因为你没有强迫小薇不跟我在一起。谢谢你！

小玫

我的眼圈潮湿了，闻闻白玫瑰，白玫瑰很清香。

茶　神

　　唐朝年间，菰城盛行饮茶。其时城里的大街小巷茶楼林立，茶幡飘然，茶香弥漫。

　　其间，有不少精于采、煮、饮之茶道的茶博士，而茶博士中茶技最佳者则数慕德茶坊的茶博士季疵。季疵年幼擅长煮茶。据传，季疵是个孤儿，曾为大禅师智积收养。智积嗜茶如命，其所饮之茶皆为季疵所煮。一日，皇上召智积入宫讲经释禅，中间，皇上命宫中煮茶能手煮茶，赐饮。而智积只尝了一口便放下不再喝了。于是皇上又暗中命人召季疵煮茶，再赐。智积揭盖闻之，遂笑笑一饮而尽。皇上问，禅师方才为何只尝一口，此时却一饮而尽？智积答：此茶乃季疵所煮，其味无穷也。智积也因藐视皇上赐饮而被斩首。

　　天宝十四载，北方胡人安禄山起兵，且攻占了复州竟陵。季疵随家乡难民流亡至江南菰城。为谋生，季疵暂于慕德茶坊当茶博士。慕德茶坊也因季疵所煮之茶于菰城独树一帜而饮客猛增，生意兴隆。季疵本人也声名远扬，慕名而来者络绎不绝。

　　秋日，重阳节。芳菊吐艳。菰城的文人雅士皆汇集于慕德茶坊，品茗赏菊。

　　季疵于每桌放三个青瓷茶碗。

有客诧异，道："茶博士，吾桌有五人，为何只放三个碗？"

季疵答："煮一锅茶，舀出的头三碗为上品，四五碗为次，五碗以上，不堪一饮。汝桌五人，三碗，轮流喝。"说罢冲上茶，茶香四溢，芬芳浓郁。众人轮流喝茶，其味无穷。

是时，一位头戴箬笠，身披蓑衣，脚着芒鞋的渔翁走进慕德茶坊，道："茶博士，沏茶。"

季疵答道："沏茶，来了。"

旁桌的几位雅士皆露出不屑之色。其中一客道："渔夫也来攀附风雅，怪哉怪哉！"

渔翁并未理睬，只顾拿起季疵沏上的茶喝了一口，道："好茶！好茶！"且又对季疵说了几句悄悄话。

季疵点头，少顷，便端来笔墨和白绢。茶坊内丝竹声起。但见渔翁踏着舞步，闭目挥笔。顷刻，一幅墨香扑鼻的"重阳品茗赏菊图"见于白绢。在座的文人雅士无不惊奇骇叹。再看渔翁，已不见其踪影。隐约间有歌声从远处飘来：

西塞山前白鹭飞，桃花流水鳜鱼肥。

青箬笠，绿蓑衣，斜风细雨不须归。

众人听罢再次惊叹。有客道："此乃'烟波钓徒'玄真子也。"

季疵手提茶壶，怔怔望着远处的方向，痴痴迷迷道："真神人也！"

翌日，季疵辞去茶博士之职，遂于菰城外苕溪畔结庐隐居，自号桑苎翁。桑苎翁悉心著书。间隙，常深入山野寺院，考察茶笋芳丛，弄泉品茗，自得其乐。至上元元年（公元七百六十年）末，桑苎翁于其苕溪草堂著成《茶经》初稿。初稿问世，菰城百姓争相传阅，茶风更盛。不久便传入京城。一时间京城也大行茶道，王公朝士无不饮者。

京城翰林院有官员把《茶经》送至皇上过目。皇上阅后也大加称赞，遂下旨封桑苎翁为太常寺太祝。桑苎翁谢绝授职。于是，皇上又命御史大夫亲至菰城诏封。

御史大夫至菰城，菰城刺史陪其到慕德茶坊饮茶。御史大夫问道："城内有何人精于茶道?"

菰城刺史道："大人，城内精于茶道的人甚多，而首推桑苎翁。此人原是这茶坊的茶博士，其煮茶，饮者无不称道。菰城百姓称其为'茶仙'。"

御史大夫道："吾想见见'茶仙'桑苎翁。"

菰城刺史派人找遍城里城外，未见桑苎翁半点踪影。菰城刺史回御史大夫道："大人，桑苎翁常行于山野外乡，很难找见其人的。"

御史大夫道："再去找，定要找见其人。"

一连数日，皆未找见"茶仙"桑苎翁。御史大夫颇为烦闷，遂起轿出城散心。至城外，见有一亭，亭名"三癸"。亭内有一文士和一山僧。山僧正在打坐，文士独自品茗。

御史大夫走至亭内，听得山僧念道："九月山僧院，东篱菊也黄；俗人多泛酒，谁解助茶香。

御史大夫道："大师，好诗。大师莫非是'茶仙'桑苎翁?"

山僧睁开眼，望望文士，又看看御史大夫，道："施主找'茶仙'?"

御史大夫道："据说'茶仙'煮的茶，其香千里，其味无穷。为此特慕名而来"。

文士又慢慢啜了口茶，说道："施主，请回吧！此地并无'茶仙'，只有茶。"

御史大夫面露失望之色。

文士又道："施主若渴了，请喝茶！"话罢，手捧青瓷茶碗敬上。

御史大夫接过茶碗，见碗底只有三瓣茶叶，其色泽翠绿，状如莲心；其茶汁也呈绿色。呷之满口清香，馥馥袅袅。御史大夫叹道："好茶！好茶！此乃人间真正的好茶。"话毕，正要向文士致谢，可已不见文士与山僧之影。亭柱上留有字幅，字幅上写道：

不羡黄金罍，

不羡白玉杯，

不羡朝入省，

不羡暮登台，

千羡万羡西江水，

曾向竟陵城下来。

蓦然，有轿夫道："此二人为'茶仙'桑苧翁和诗僧皎然。"

御史大夫又叹道："真神人也！"

据有关史料记载：桑苧翁一生悉心研究茶道，撰有世界上第一部茶叶专著《茶经》，唐贞元末卒。后人为纪念其传播茶道之功绩，尊奉其为"茶神"。

笔　神

　　早年间，菰城每隔五年要举行一次笔会。相传，两千多年前，秦大将蒙恬因遭难而避身于菰城以东几十里地的善琏镇，并与当地永欣寺的善真和尚结成莫逆之交。闲时，蒙恬与善真交流书法。后来，蒙恬创制了毛笔，这就是闻名天下的"湖笔"。菰城百姓为了纪念蒙恬的功绩，遂于民间自发举办这五年一度的盛会。其时，全城张灯结彩，百姓身着艳丽的丝绸服装载歌载舞，文人骚客吟诗作画，许多达官显宦也前来观光。会间，城里一些最有名气的制笔大师纷纷献技献艺，且由十位名士组成评委会，评出大会的"菰城笔神"。获这一殊荣的人，由知府推荐进京，向皇上献笔。

　　菰城的笔庄大大小小有数十家。为了争获"菰城笔神"之称号，笔庄与笔庄间的竞争也颇为激烈。当时最有名气的要数王好好笔斋庄。其祖上几次进京献笔，深得皇上嘉奖。王好好继承祖业后，大胆革新，改进工艺，其制作的笔以"尖、齐、圆、健"而名扬四海。

　　与王好好笔斋庄相对的是泰来笔庄。泰来笔庄在菰城也颇有名气。泰来笔庄的主人姓卢，名桑清。卢桑清的太太公曾与王好好的太太公一道进京献过笔，为此卢家也曾风光过。而以后卢家后辈再未进过京，原因是卢家后辈制作的笔与书法不及王家后辈。卢桑清很想重振卢家雄风，可一直未能偿愿。

道光十九年金秋，王好好再次荣获"菰城笔神"之称号。其时，阖家欢喜，邻里乡亲簇拥着披红戴花的王好好进京献笔。

卢桑清也前来送行，且斟酒道："兄台技艺超群，制笔有方，'菰城笔神'当之无愧。小弟敬你一杯！"

王好好接过酒盏，道："惭愧！惭愧！"

两人一饮而尽。

王好好意气风发地进京献笔。而数月后一日，官府忽派人来查封了王好好笔斋庄。不久，从京城传出消息，说王好好把装有神笔的锦盒献给皇上，皇上打开一看，盒内竟是支普通之笔。王好好犯了欺君之罪，本要杀头，皇上念王好好祖辈献笔有功，免其死罪，斫去双手，发配大漠。

届期，卢桑清获"菰城笔神"之殊荣，进京献笔。此后，卢桑清飞黄腾达，且不断扩充地盘，菰城好些笔庄俱归其名下。当然，王好好笔斋庄也是其中之一。

光阴荏苒，一晃十年。五年一度的笔会又到了。据《菰城府志》记载，是年的笔会尤为隆重。笔会前一周，举行了庙会。城内的府庙、总管庙、药王庙、火神庙及蚕神庙等皆搭起戏台，演出的剧种有京班、徽班、昆腔班、武林班等。晚间还有调灯，调灯除龙灯马灯狮灯轱辘灯外，还有十样景灯、鱼灯、滚灯等。红灯绿火，前呼后拥，各呈姿彩，可谓盛况空前。菰城百姓喜气洋洋，皆盼一睹即将当选的"菰城笔神"之风采。

十月望日，笔会正式开幕。

各路好手纷纷展示了其精制的毛笔和娴熟的书法。一些后起之秀来势迅猛，其制作的笔重量轻，外观美；书法飘逸潇洒，豪放不羁。而一些老将仍以凝重朴实见长。

卢桑清也再次参赛，且是夺魁呼声最高之一。结果三天下来，卢桑清仍以古朴典雅的制笔和雄浑飘洒的书法战胜各路对手，深得评委们一致认可。

本届"菰城笔神"将由资望颇高的翰林学士吴老宣布。而是时，蓦地从远处传来一声："且慢。"声音刚落，只见一黄影飘至台上。台上的人皆一愣。来人身穿黄色袈裟，灰白的虬髯几乎遮掩了整个面部，而其目光炯炯，神采飞扬。

吴学士见是位和尚，遂道："大师，有何见教？"

和尚道："贫僧想参加比赛，不知可否？"

吴学士道："大师，我们这儿参赛，须用自制的笔来书写。"

和尚答："贫僧知道。"说罢探怀拿出一支笔。笔杆碗口粗，色泽乌黑锃亮，笔头雪白坚挺。

众人啧啧称奇。更惊奇的是和尚并非用手拿笔，而是用双臂夹着笔，因其根本没有手。

卢桑清上前道："大师所持的确是支罕见的奇笔。但不知大师的书法如何？"

和尚微微一笑，便双臂夹笔于铺开的宣纸上奋笔疾书。长笺泼墨淋漓，其笔锋苍老遒劲。顿然，"笔神"二字跃然于纸，字体古朴雄健，熠熠生辉。

吴学士不住地点头赞叹，便拿起字幅递予同僚传阅。卢桑清则猛地一震，因为他看到那铺宣纸的青石板上同样有"笔神"二字，且每字凹进石板约半指深。

和尚道："贫僧于'菰城笔神'面前献丑，请多多赐教！"

卢桑清颤抖地问："大师，您是……"

和尚双臂合十，道："善哉！善哉！"话毕，倏忽而去，无影无踪。

是夜，"菰城笔神"卢桑清做了个梦，梦中他站于悬崖上，忽一腮满虬髯的和尚从天上飞下，道："卢桑清，你还认得我吗？"

卢桑清问："你是？"

和尚答："我曾是王好好笔斋庄的主人，因你雇用飞天大盗偷换了我献予皇上的笔，而被斫去双手，家破人亡……"

卢桑清听着不由得往后退，而和尚步步逼近。卢桑清一声惨叫摔下了悬崖……

卢桑清惊醒，大汗淋漓。此后，卢桑清一病不起，不久便死了。

窗

曲教授告老还乡。

当曲教授走到古城和坊街那幢旧房子前时，他真是又惊又喜又不安。

和坊街变得他都认不出了，原先一些旧的建筑已拆除，取而代之的是一幢幢崭新的高楼大厦。整条街上就剩他家跟对面胡家的房子没拆，依稀还残留些原来的印记。

这是两幢老式的楼房，前门的廊檐很宽，屋顶呈四面形，上顶钩心斗角，结构极为精致。现从外表看虽破旧了点，但还是蛮古色古香的。

清朝乾隆年间，曲教授的太上祖在这和坊街上开绸布店，后来又造了这幢楼房。绸布店对面则是以经营茶叶闻名古城的胡记茶庄。曲胡两家是世交。由于连年战乱，曲胡两家皆在政界找上了倚靠。

往事如云烟。曲教授望着暮色中的旧楼房，心里涌上一股复杂的感情。

曲教授原名曲云飞，是曲家的独子。胡家则有一千金，名婉秋。曲云飞和胡婉秋一起长大，每日里一块儿上学一块儿玩耍，两小无猜，感情甚好。到了十六岁，胡婉秋忽然变得羞羞答答。每当见到曲云飞，胡婉秋总是含情脉脉，这自然是少女情窦初开，而曲云飞也是个多情少年，于是，两人就偷偷地谈起了恋爱。

胡家和曲家正好临街而对，胡婉秋那闺房的窗户也正好对着曲云飞那间房的窗。于是两人每天早晨起床第一件事就是打开窗，相互默默地传递一个微笑。黄昏时分，两人又临窗伫立，相互对视一直至深夜。有时曲云飞也会写一张字条，包裹着石子扔进对面窗内。不一会儿，胡婉秋便悄悄来到曲家后院的假山旁，两人紧紧相拥互诉衷情。

随着时间的推移，两人的感情与日俱增。后来双方父母皆知道了此事，开始均未答应，由于两人坚定不移，父母没法，也就默认了。

曲云飞和胡婉秋的婚姻已成定局，可这时却发生了一件意想不到的事。

一天黄昏，曲云飞的父亲突然被刺杀于和坊街街头。有传闻说，指使这次刺杀事件的是胡婉秋的父亲胡仁凤。胡仁凤当时已另有投靠。

曲云飞从此关死了楼上那扇窗，不久与母亲另走他乡。后来，胡婉秋随父旅居美国……

风风雨雨几十年哪！曲教授感慨万分。

几十年里，曲胡两家的楼房一直空着，四面墙壁青苔重叠，屋顶野草萋萋。其间，旧楼房一度曾为国家所有，"文革"时成了红卫兵的指挥部。前两年落实私房政策，旧楼房又重归于曲胡两家名下。

据说落实政策时，曲胡两家皆没人前去办理，当时胡家有个亲戚知道后主动担起了此事，几经周折，胡家亲戚终于找到了身为东南大学历史系教授的曲云飞。曲云飞是国内外著名的丝绸文化学者，由他作证，胡家的亲戚成了胡家楼房的代管人……

黄昏降临，和坊街华灯初上。

曲教授从窗格看对面的胡家，胡家的窗户紧紧关闭着。以前每到这时，他和对面的她会同时打开窗。窗对窗。一个清秀的女孩，一朵温柔的微笑。曲教授仿佛觉得这几十年前的事就如昨天发生过一样，难道自己终身不娶，正是因为心里头还珍藏着那一笑吗？

屋子里很闷，一股陈年霉味十分呛人。

曲教授打开了窗，窗外清新的空气涌进房间。曲教授大口大口地呼吸，挺舒爽。而这时，对面胡家的窗也打开了。打开了的窗前站着一人。借着朦胧的灯光，曲教授慢慢看清是一位满头银发而又非常端庄的妇人。

　　老妇人睁着眼紧紧朝曲教授这边望，望着，望着，两边的人皆露出了微笑……

　　故事到这儿似乎应结束了。不过有一点得交代一下，那就是没多久，曲胡两家的旧楼房均拆了，两幢面对面新建的大楼在原址拔地而起。

　　每当清晨或傍晚，两幢大楼的中层会同时打开两扇窗。窗口站着两位老人，两位老人微笑着无言相对……

蒲公英花开

一

山坳里，蒲公英一开花，布谷鸟一叫，山民们便脱去厚厚的冬衣，开始忙春天的活了。

我走进这个山坳时，随处可见那些白色冠毛结为一个个绒球的蒲公英，在风中摇曳着，飞舞着，好像在童话里。

山坳口，都校长正靠在那棵老榆树上抽烟，他的脸膛有点发乌，像是没有睡好的样子。他见到我，灭了烟头迎上来，说："来啦。"

我说："都校长，你好！"

都校长回道："你好！欢迎你来！我先带你看看学校吧。"

学校很小，一个一亩地大小的操场，两间教室，还有一间是都校长的办公室兼寝室。都校长说："我们这儿都是复式班，你教四五六吧，你学历高。另外你将就点在我的房里搭个铺，这个学校实在没别的屋子了。"

我是自愿报名来这个山村支教的。

二

山坳四面环山，离县城较远。不过村里很安静，麻雀站在屋檐放声歌唱，花蝶在农家院子里嬉戏，倒也有点"桃花源"味道。

早晨，都校长带我走进四五六年级的教室。孩子们一脸的兴奋。都校长介绍道："同学们，这是新来的老师，以后就教你们了。你们都给我听好了，不准淘气！"都校长又对我说："沈老师，我去上课了。"

我走上讲台，拿起那本牛皮纸封面的点名册，说："同学们，我们先认识一下吧。我姓沈，名叫春分。"

这时，坐在前排有位女生举手。女生长得较瘦弱，但眸子很清亮。我说："你有什么事吗？"她站起身，说："老师，你的名字听起来很女孩子气的。"下面的人一听，立马笑起来。我也笑起来，说："我的名字最后一个'分'字，不是'芬芳'的'芬'，而是分开的'分'。这是我妈给起的，听我妈说，她生我时，刚好是春分那一天。你们知道什么叫春分吗？"

孩子们颇为好奇地望着我，但没人举手。

"一年有二十四个节气，春分就是其中的一个节气。春分蝴蝶梦花间。好了，以后我会详细讲给你们听。"我打开点名册，"我们开始点名吧。第一位，卜达子。""到！"一位皮肤黝黑的圆脸男孩站起来，我朝他点点头。"第二位，都春花。""到！"就是刚才举手提问题的女孩。我朝她笑笑，说："你的名字很好听。"她笑笑，有些害羞地坐下了。我又接着往下念……

第一堂课是社会课。该给孩子们讲点什么呢？我完全可以按照课本内容讲。可当翻开课本的时候，我突然异想天开地问道："你们知不知道世界上的伊拉克战争？"孩子们个个都睁大眼睛望着我，没人回答。

我说："给你们讲讲这场战争吧。那是……"说着说着，都春花又举手了。"老师，这场战争死了多少了人？"

我说："在这场战争中，光平民百姓就死了上百万人。"

都春花眼里满含泪水，"他们太不幸了！"

我突然来了灵感，说："我建议我们为伊拉克的儿童做点什么。"

顿然，下面活跃了，"老师，我们给他们捐点什么吧。""我把我们家的老母鸡也捐出来。""我家有玉米棒。""我们给他们写封信，祝福他们。""可伊拉克在哪儿呢？我们的信寄不寄得到？"

三

在春季快要进入夏天时，山坳里野花烂漫。那天早上，我兴冲冲地走进教室时，班里两位女生急匆匆跑到我跟前。她们脸色煞白，其中一位女生说："老师，出事啦……"

我急忙问："出什么事？"

女生说："都春花……出事了……都是血……"

我见都春花趴在桌上，周围的同学都呆呆地望着她。我走到她跟前，摸摸她的额头，还好，没烧。我问："你哪儿不舒服？"她呆呆地望着我，点点头，又摇摇头。突然，我发现她那淡蓝色的布裙上洇湿了一片，像是一幅水粉画，几朵红梅含苞欲放。我抱起她跑到办公室。都校长进来一瞧，便问："春花，你以前有过这种情况？"都春花眼直直地盯着我们，有些惊恐的样子。

都春花那惊恐的眼神深深烙在了我的心上。都春花休息了两天来上课。我在黑板上挂出了两幅"男女生理图"。一看到这图片，男生们怪里怪气地大叫，女生们用手蒙住了双眼。我环视了一下课堂，说："大家别叫，也别害羞，今天我给大家上堂生理课。"

下面有个男生还在怪叫："老师，这上什么课呀？难看死了！"

我没理睬，而是继续往下讲："女孩的第 1 次月经叫月经初潮。大多数女孩的初潮年龄为 12 至 14 岁……出现初潮之前，女孩的身高突然增长……"慢慢地，课堂上静下来了，女生们也把手放下来。

我尽量用平和的语调解说："月经初潮是女性生理上一种自然反应……"我看了一眼都春花，她的脸颊有一片红晕，但她的眸子很清亮。

四

几年后，都春花考上了一所名牌大学。在我收到她的信时，也是都校长生命的弥留之际（肝癌晚期）。我拿着都春花的信拼命跑向都校长住的医院。一路上，那些蒲公英花在风中飘飞着。

　　尊敬的校长、老师：

　　　　你们好！在这蒲公英花开的季节，我有幸成为一名灾区的志愿者。我是在灾区的山坡上给你们写信的。灾区的山坡上蒲公英花飞舞着，这象征着生命的顽强不息……

　　　　记得我曾读过一段文字：每当初春来临，蒲公英抽出花茎，在碧绿丛中绽开朵朵黄色的小花。花开过后，种子上的白色冠毛结为一个个绒球，随风摇曳。种子成熟后，随风飘到新的地方安家落户，孕育新的花朵。她是那么不起眼，但她却依然不忘带着美好的愿望在空中自由飞翔……

生死情歌

  雪下疯了。漫天飞旋的雪花仿佛要覆盖整个世界。郭春来背着妻子已在雪夜里走了七八个小时了。背上的妻子越来越沉了。

  傍晚时分，郭春来环顾了一下屋内后，毅然背起妻子走出小屋。妻子怀孕九个月了，随时有临盆的可能。郭春来夫妇在小屋被困三天三夜了。交通电路全部中断。手机电板也无法充电，与外界的联系全断了。他只有背着妻子步行至 20 里地外的县城求救。

  大雪封道，冰雪飞溅。郭春来不由得倒抽一口冷气，四外风雪迷茫，无法看清方向。背上的妻子说：春来，还是回吧！

  郭春来回首望了妻子一眼，说：不，不能再等了！

  两年多前，郭春来从老家四川来这县城打工，并认识了逃婚来这儿打工的花小红。郭春来很同情花小红的遭遇，常给予她帮助。一颗颠簸忐忑的心得到了慰藉，花小红爱上了耿直善良的郭春来。两人很快坠入爱河，并在城外廉价租了间小屋，建起了一个家。家虽简陋，但经花小红这双巧手布置，很温馨。花小红婚后不久就怀孕了，没想到自己怀胎十月的竟是个死胎，因此第二胎成了她和郭春来唯一的希望。本来他们夫妇盘算好了，离预产期一个月时，回郭春来老家四川。可谁知工地上忙，一时走不开。10 多天前，天又下起了雪。雪越下越大。据气象报告，这一带连续下暴雪，积雪厚度达到了 30 多厘米，山区部分地区累积积雪达到了 50 多厘米，遭遇了 50 多年罕见的持续冰雪灾害。

被困后，郭春来担心怀孕的妻子营养跟不上，于是每天都要花上两个多小时的时间，步行至 7 里路外的小饭店买盒饭给妻子补充营养。不管路有多湿多滑，他一天都要去两次，每次都要排好长的队才能买到饭。幸好，自从他跟老板娘说妻子怀孕后，老板娘就优先把饭菜卖给他。可由于连续的暴雪冻雨天气，小饭店也不得不关门了。

郭春来觉得背上的妻子越来越沉重了。郭春来每走一步都相当艰难。妻子的肚子突然疼痛起来：春来，我肚子疼得受不了，怕要……

郭春来说：小红，别怕，坚持住！

看到妻子皱眉疼痛状，郭春来又说：小红，给你讲个故事。有个人困在风雪中三天三夜，就在他快要死的时候，他向上帝许三个愿望：第一个是下辈子能过天天有阳光的日子，第二个是下辈子能成为富翁，第三个是下辈子能天天看到鲜花。上帝答应了他。于是他下辈子就变成花瓶了！

背上的妻子没声音，郭春来又说：再给你讲一个吧。一个被汽车撞伤的人两天都没有苏醒过来。到了第三天，他才缓缓地睁开眼睛。他看看四周，含糊不清地问，我这是天堂吗？他妻子说，不，亲爱的，你只是在它附近待了一会儿。

背上的妻子微微一笑：春来，这辈子能做你的老婆，是我前世修来的福气。下辈子我愿意做一束花。春来，你放下我，自己走吧！

郭春来说：小红，你说什么呀，我们生死都在一起的。

这时，天上有了一丝曙光，天开始亮了！大雪中的郭春来觉得愈来愈无法支撑了……

郭春来醒来时，已是 10 多个小时后了。他发现自己躺在病床上。白色的空间。白色的床单。白色的口罩。红色的康乃馨。一双陌生又漂亮的眼睛，很温柔。护士惊喜地说：你终于醒了！

郭春来急切地问：我在哪儿？我妻子呢？

护士微笑着说：你在医院。母子平安！

接着，护士小姐向郭春来叙述了被救经过，这段文字被记者采写在新闻中，并成为县城这次抗雪灾报道中最为动人的经典片断。

天亮时，暴雪慢慢停了，路旁的树上挂满了长长的冰凌。风雪中飞扬的"黄丝巾"格外鲜艳。"黄丝巾"志愿者在郊外发现了倒在雪地里的郭春来夫妇。在通往县医院10多里的路上，由于积雪厚度已超过60多厘米，车无法开通。于是，"黄丝巾"志愿者用自己的双手双腿筑起了一条生命的通道——瞧，近百名"黄丝巾"志愿者用接力传递的方式，把郭春来夫妇送到县医院。郭春来夫妇脱险了。郭春来的妻子花小红于当天上午安全产下一男孩，产下的男孩取名"众生"。

桥

  古镇三面环山，一面濒海，自西向东有一个半圆形海湾，镇区就坐落在这海湾的沙滩上。古镇的阴面有条河，这是一条内河。

  悠悠的河水缓缓流过古镇。古镇河面有座横跨东西两头的石拱桥。石拱桥是镇东过往镇西或镇西过往镇东唯一的通道，因而整个古镇在习惯上被分为东桥古镇和西桥古镇。相传早先康熙皇帝曾南下路过古镇逗留，且于桥上赋诗。镇上的绅士为了纪念这一盛事，遂于桥的东边建了座八角亭，亭中立了石碑，石碑上刻有康熙的手迹。可惜的是以后日本人侵占古镇，八角亭和石碑俱被炸毁。

  石拱桥很古老。经过岁月的剥蚀，桥上的一些石刻文字已不易辨认，桥身裂痕斑驳，桥的两侧石面布满了青苔，石缝内野草簇簇。有时人们走在桥上，仿佛觉得整座桥摇摇晃晃要倒塌似的。这时人们心里皆会说这桥该修修了，而去外头见过世面的人见到这桥，就直摇头叹气。

  早些年古镇的旅游发展起来，各类渔业食品加工厂及手工艺品作坊如雨后春笋般地冒了出来。东桥古镇和西桥古镇的人来来往往显得非常忙碌。人们办事大多以车代步，讲究起速度和效率来了。套句时髦话：时间就是金钱！再说如今的年轻人结婚兴坐车，不过鉴于古镇的交通缘故，小汽车还无法"流行"。

古镇的年轻人结婚兴骑自行车，新郎带着新娘，身后跟了一大帮小兄弟小姐妹，其长长的自行车队穿过古镇，好不热闹！为此，大城市里的各种花式自行车也纷纷涌进古镇。可这些花式自行车驶至桥头得停下来，由主人扛着过桥，真是煞风景的事。至于那些汽车之类的玩意儿只好望桥兴叹了。

　　改建石拱桥已是古镇迫不及待的事了。于是，东桥古镇和西桥古镇的人请五爷和六爷出来说话。五爷和六爷均年过九旬，是古镇上两位德高望重的老人。两位老人找镇政府领导交涉，要求改建石拱桥，条件是政府出资，东桥古镇和西桥古镇出人力。可当时适逢镇委改组，诸事繁忙，谁还顾得上这改建石拱桥的事。

　　事情遂搁下。日子一天天过去。桥边的那棵老槐树又花开花落数度。五爷和六爷也相继谢世。

　　忽一日，镇上来了位个子高大、英气勃勃的青年人。青年人站在古老的石拱桥上东瞅瞅西瞧瞧。古镇的人好奇地打量着这位若有所思的青年人。没过多久，来了一群勘测人员测量了河的宽度和深度及整个桥身。这使古镇人非常惊喜，人们奔走相告："要改建石拱桥啦。这是新来的镇委书记立下的军令状，两年内建好新桥。据说在桥边还要重建八角亭。"

　　"听说新来的书记特从上海大学里请了专家来搞设计，说是要建造一座最新式的拱桥。"

　　"这新来的镇委书记真年轻，听说还到国外留过学，是见过大世面的。"

　　五爷的儿子来旺正运货过桥，望着桥下滔滔的河水说："爹，来修桥了，您的夙愿要成现实了。"

　　古老的石拱桥旁竖起了一个个巨大坚固的新桥墩。可要开始铺设桥面却突然停工了。停工的原因是某些人写了告状信，说此项工程尚未纳入镇委的建设规划，也未经上级部门批准，云云。于是，工程就暂时停了下来。又由于施工原因，桥两头的路面坑坑洼洼泥泞不堪，人们办事或上下班常被堵于桥头，交通极为不便。古镇上的一些人开始纷纷指责乃至叫骂起来。

然而告状归告状，指责归指责，叫骂归叫骂，第二年老桥被拆除，新桥如期建成。一座新颖别致的现代型拱桥横跨河的东西两头。桥面宽阔平坦，两旁的路灯如朵朵怒放的鲜花。各种车辆南来北往川流不息。而桥头的八角亭及亭中的石碑给古镇增添了一种古朴的风韵。据古镇的人说新的大桥的落成典礼颇为隆重。那日，东桥古镇和西桥古镇的人几乎皆到了桥边，那位个子高大、英气勃勃的镇委书记为大桥通行剪彩。一时间鞭炮齐鸣锣鼓喧天，人们载歌载舞欢庆大桥的诞生。至于这大桥最后是怎么建成的，镇委的某些人告状的结果如何，就恕不赘述。

　　不过此后古镇还发生了两件与古桥有关的大事，特补叙于后——其一是大桥落成典礼后不久，镇委书记被调走，调走的详情不知。不过镇上流传一些说法，有的说是他自己要求调至一个边远的山区工作；也有的说他因工作作风粗暴，独断专行，受到上面的批评；而更多的人说他是堂堂的好官，两袖清风来，又两袖清风走了。其二有一日本华侨代表团访问了古镇。据说访问团团长是古镇某家族的后裔。他们拍了许多有关古镇的照片，照片中当然也有新落成的大桥和八角亭。不久古镇上首家由日本华侨投资的海鲜食品加工厂举行了奠基仪式。

新年礼物

    下班时间已过，爱妮匆匆整理一下准备离去。再过三天，就是元旦了。爱妮想上街去买点什么作为新年礼物送给丈夫和儿子。可这时电话又响了。爱妮只好放下手提包去接电话。自从电台设置了这部热线电话，每天总是这样，下班了还不断有电话打来。

    "喂，我是热线电话节目主持人爱妮。能为您服务，我感到很高兴。请问，您想说什么?"

    "阿姨，我想问……"

    "怎么，又是你?"

    爱妮听出对方是个小孩。三天前这孩子曾给她打过电话。开始这孩子对爱妮说："阿姨，我叫王小冬，在爱国小学上二年级，家住春风新村5幢504室。阿姨，听人讲热线电话可以回答好多好多的问题，是这样吗?"

    当时爱妮觉得他很可爱，但两天来，这孩子连续打了五次电话，老问爱妮："今天是几号?"爱妮觉得他是个调皮的捣蛋鬼。

    "阿姨，我想……"这回对方的声音有点胆怯。

    "你想问今天是几号，对吗? 你已经打过五次电话问这个问题了，难道你家里没有日历吗? 一个乖孩子可不许淘气!"

    "阿姨，对不起!"对方好像有点委屈。

爱妮心软了，她尽量用温柔的话语说："喏，王小冬同学听着，阿姨再告诉你一次：今天是 12 月 28 日，星期六。记住了吗？"

"阿姨，这次我不是问几号，我……我是想跟您多说说话，行吗？"

"阿姨可没空跟你闹着玩，阿姨要下班回家。王小冬同学，对不起！阿姨要挂电话了。"

"阿姨，求求你别挂电话。"孩子显然是急了，"阿姨，我好喜欢听你的声音，你的声音像我妈妈的声音。"

爱妮笑了，心想真是个又淘气又可爱的孩子。爱妮问："那你妈妈呢？"

"妈妈跟爸爸离婚了……她到美国去了。"

爱妮的心猛地一阵颤动。

"阿姨，美国在什么地方？我想到美国去找妈妈。"

爱妮想了想，说："喂，王小冬同学，美国离我们很远很远，现在你是不能去的。你爸爸呢？"

"爸爸是个警官，爸爸到很远的地方去抓坏蛋了。阿姨，再过几天就是元旦了。爸爸跟我说过，新年会给我买好多好多礼物，可爸爸到现在还没回来。阿姨，我好想爸爸，也好想妈妈。"孩子说着呜呜哭了起来。

爱妮的眼睛也潮湿了，她赶忙对着话筒喊："喂，王小冬同学，别哭！你爸爸会回来的。别哭，乖孩子！爸爸会回来的。你会有好多好多的新年礼物！"

"真的吗？"

"真的！"

元旦一早，王小冬收到了一大包玩具和图书，里面还附有一张新年贺卡，贺卡上写道：王小冬小朋友，祝你新年快乐！爱妮阿姨。

冬日温情

"……我好孤独，快救救我！"在寒冷的冬夜，一个少女低泣的声音从天湖市广播电台"心海夜航"热线电话里传出来。

热线电话主持人爱妮悚然一惊，对电话喊："喂，发生了什么事？"

"我……我好孤独，我好害怕……"

"别急，慢慢说。"爱妮的话很温柔，"你在哪儿？"

"我在公用电话亭。"

"哪个电话亭？"

"我……不知道。我好孤独，我好害怕。"

爱妮飞快地思索一下，拿起另一个话筒："喂，电信局吗？请查一下……哎，对对……再跟派出所联系一下……"她又对手里的话筒说："喂，你叫什么名字？你别挂电话，有事慢慢商量。我是爱妮，是热线电话节目主持人，我一定想办法帮助你解决问题。"

一阵沉默，许久，一个充满忧伤的声音："……我曾是个失足的女孩……"

爱妮心头一紧。

"没人瞧得起我。在家，父母成天骂我；单位里同事歧视我，我没法抬起头来。我……我真的好孤独！这样活着还不如死……呜……"电话里猛地传出一阵撕人心肺的呜咽。

"喂！喂！"对方没有回音了。难道这女孩走了？爱妮突然感到一阵发冷，她望着话筒有些茫然。难道一个女孩就这样从此消失了？不，不，不能啊！不管怎样，她还是想努力试一试，一直等到……

"喂！你怎么了？我说，谁都会有跌倒的时候。跌倒了，爬起来！相信我，不管发生了什么事，不管在任何时候，我始终是你的朋友。你还会有好多好多的朋友。你明白吗？你还很年轻，以后的路还很长很长，你应该珍惜自己的生命！"

"喂，你在听我说吗？以前，我也曾失足过，也曾被人瞧不起！那时候我很伤心很绝望。在一个阳光明媚的春天里，我想跳崖从此结束自己的生命。可就在我要往下跳时，突然一双有力的手抓住了我。我回头一看，是个年轻的小伙子。小伙子对我说：'你看，这是个多么温暖美好的春天，你却想死，你实在太蠢了！一个人的一生能有多少这样温暖美好的春天呢……'喂，喂，你在听我说吗……"

冬夜，寒风呼啸。但爱妮什么也不觉得，她只感到自己完全沉浸在温暖的春天里，到处都是芬芳的鲜花和温馨的爱。

这时，她手上的话筒又有了回声：

"喂，爱妮，我们已查到那个电话亭，并找到了那个女孩。"

爱妮笑了，问："她现在好吗？"

"很好，我们进电话亭时，她睡着了，手里还紧紧握住话筒，脸上挂着泪珠。不过她正笑呢，像在做一个甜美的梦……哦，是个很可爱的女孩……谢谢你了，爱妮！"

爱妮轻轻舒了口气，放下了话筒。

盆　景

　　魏锋从分公司到办公室早已过了下班时间，办公大楼里的人都走光了。

　　他是刚上任 W 集团公司的党委书记，这几天忙于看材料下分公司，熟悉集团公司的环境，了解干部职工的思想状况。

　　魏锋从党办秘书的工作记录中得知，公司党委的民主生活会已有 3 个月没开了；同一些人的交谈中又发现科室干部的情绪不稳定，一分公司先后有 6 位政工人员下海经商。类似这种情况，各分公司都有。都下海经商，谁来做思想政治工作？有的业务干部不廉洁，工人对干部的意见挺大。有几个分公司在生产经营上也出现亏损的局面。

　　魏锋觉得头绪茫然，心里很是烦闷，想坐下来静一会再回家。蓦然，他看到办公桌上放着两个盆景，盆景下压着一封信。拆开一看，上面写道："魏锋同志，听说你刚来我们集团公司担任党委书记。特送盆景两盆，请观赏！"落款署名：一名普通党员。

　　魏锋感到疑惑，他并未跟谁提起过要盆景。难道这"一名普通党员"有什么事有求于他？

　　他坐下来点了支烟，开始观赏起盆景来：两个盆景的盆大小形状一般，盆内的树桩也一样。而所不同的是，一盆被修剪过了，枝叶间错落有致，恰到好处，其造型优美，富有艺术性；另一盆则未修剪过，枝枝叶叶繁杂。

魏锋反反复复地观赏，突然间心里猛地一亮，禁不住自语道："好礼物！难得的好礼物！"

翌日，集团公司召开党委会议。魏锋捧着两个盆景走进会议室，说："今天请大家来观赏这两个盆景。"

几位党委成员一愣，心里均在想：书记为什么要请他们来观赏盆景？

魏锋说："请大家看看，这两个盆景哪盆好？"

几位委员一望便知是经过精心修剪过的那盆好。遂一致说那盆修剪过的好。

"这盆经过修剪，其造型独特，令人赏心悦目。"魏锋说着又指着另一盆，"这一盆既无造型，枝叶杂乱，现在我来修剪一下。"

魏锋拿出剪刀修剪起来。委员们眼看着魏锋修剪盆景，心里却各自转着心思。A委员想，要是早知魏书记喜欢盆景，就设法搞几盆来。B委员想，书记喜欢盆景，我小姨家有的是，等会开完后去要几盆，晚上送到书记家，这是套近乎的好机会。C委员却不屑一顾，心想这书记开会玩盆景，日后有瞧的了，说不定公司要毁在他手中。D委员在思索，书记仅仅是叫我们来观赏盆景的吗？

不一会儿，盆景经修剪，其造型也优美起来。可魏锋还没停手，正当他又要剪去一枝杈时，二分公司的支部书记叫道："不能再剪了。"

魏锋抬头问："为啥？"

二分公司支部书记说："明摆着，再剪下去盆景要破相了。"

"是啊，是啊。"其余的人表示赞同。

魏锋停下手哈哈一笑。说："我们的管理队伍不也是这样吗？该精简的一定要精简，该提拔的一定要提拔，该留的一定要设法留。"

众人一听，又朝盆景望望，都陷入了沉思。

手

　　刚下火车。他是应 S 市的邀请，前来参加工艺美术交流会的。他的竹编艺术已在国内外产生很大的影响，许多外商纷纷与他签订合同。在出口处，他向停在附近的的士招手。

　　"去哪儿？"司机问道。

　　"湖滨旅社。"

　　柔和的晚风吹进车窗，带来了城市的温馨。夜景使他目不暇接：高耸的摩天大楼，闪烁的霓虹灯，熙攘的人群，新潮的服装……他把手搭在窗边，蓦地看到无名指上那枚金灿灿的戒指。他笑了，仿佛又看到那双纤细白嫩的手给他戴上这枚订婚戒指。他不由得低头在戒指上吻了吻。他抬起头。而就在抬头的一瞬间，他的心猛地一颤。

　　"喂，司机，请停一下！"突然，他对司机说。

　　司机一个急刹车，有些奇怪地问道："你不是去湖滨旅社吗？"

　　"噢，对不起！我想在这儿看看。"他钻出的士，往回走了几十米，在一家咖啡馆前停住脚步。他欣赏着门前一幅大型油画。画下面有几个醒目的字：艺术沙龙。本市青年画家李吉作品展。

　　吸引他的不是这行字，而是这幅油画。画面上有两双手——正面一双手握着一束鲜花，后面一双手戴着镣铐。作者采用明暗重叠的手法，既有毕加索立体派的技巧，又有印象派的色彩。

咖啡馆上方有一盏霓虹灯，那旋转的灯光投射到画面上。画面上那阴影也随着旋转，使人目眩神迷。他仿佛掉进一个旋涡里，被沉入很深很深的湖底。在湖底，他又看见自己的那双手变换成无数奇形怪状的手。那是从昨天的手臂上伸出来的，它们如同一只只凶狠的怪兽咬嚼他的心。他猛地感到一阵胆战心惊。他抬起那长满无数奇形怪状的沉重的手拼命地抖动，仿佛要抖个干净。

啊！他似乎又见到了那灯光昏暗的房间，几双手伏在袖洞口，贪婪地盯住桌面上一叠厚厚的纸币。忽然，他把牌一摊："活了，十三百搭！"紧接着，他那熏得焦黄的手急速扑向纸币……他的眼前回闪出一组镜头：

他的手把纸币往高级饭馆的柜台一扔。

他的手举起水晶玻璃杯。

他的手在掏别人的口袋。

他的手举着一把寒光闪闪的匕首——一双浑浑瑟瑟的手无力地垂着，被带上镣铐……

他有些站不稳了，背靠着油画，手微微颤抖。

镜头又出现了——他被带到一个劳改农场，一双粗短有力的手解开了他的镣铐。这双手教他识字，教他竹编；这双手又把他推进禁闭室，因为他的手又犯老毛病了；还是这双手为了他的安全，奋力挡住了山上滚落的石头……

他仿佛又看到那双为救他而变成血肉模糊的手。他的整个身子在抖动，眼眶里布满了泪水。为了平静一下，他点燃一根烟。

这时，从街对面走来一位高大的青年。青年有一双蓝色生辉的眼睛。青年走到他跟前，说："对不起，借个火！"

他把打火机递给青年。青年点燃了烟，深深吸了一口，然后又慢慢吐出，说："看得出，你对这幅画很感兴趣！"

"是的！"他坦率地说："我对这幅画太熟悉了！可以这么说，它就是我走过的一段生活路程。"

　　青年笑了，亲切地拍了拍他肩膀，意味深长地说："我们彼此一样啊！"说完转身推开咖啡馆的门。

　　门里一声招呼："李吉，你来啦！"

幸福漂流瓶

　　玲儿奶奶的家坐落在海边。这是座精致的木式结构庭院，庭院内种满了茂盛的树木。夹竹桃花艳丽芬芳。夹竹桃花过后便是木莲花紫薇花了。从花色与花香的轻微变化中，玲儿感受到了季节的变化。

　　尽管环境怡人，玲儿的心情却不怎么样。为了躲避都市喧嚣和感情失落，玲儿才来海边的。一连几天，玲儿什么话也不说，只是老站在窗口出神地望着远方。远方天水相连。

　　傍晚时分，奶奶说："玲儿，去海边走走吧。"

　　玲儿说："好的。"遂扶着奶奶走出庭院。

　　海风温柔地吹拂，海浪轻轻拍打着沙滩。不远处，海鸟滑翔，椰树叶摇曳着"沙沙"作响。玲儿扶着奶奶于涂满余晖的海边慢慢走着。

　　奶奶说："玲儿，看你老不开心，有啥事？"

　　玲儿说："我也不知道。奶奶，我觉得待在城里很烦，在这儿又很孤独。"

　　奶奶笑笑，说："哪儿还不一样？这主要看你怎么生活。"

　　玲儿拾起一只色彩斑斓的贝壳抚弄着，忽然问："奶奶，您老不肯去城里住，为啥？"

　　奶奶说："没啥，这儿习惯了，每天能看到海，心里头踏实。"

潮湿温馨的海风柔情般地轻拂着椰子叶。奶奶望望被夕阳染成殷红色的海面，说："玲儿，想听故事吗？"

玲玲噘噘嘴，说："奶奶，您又要讲在很久很久以前有个英俊的王子……"

奶奶没理会玲儿，自顾自说了下去——

很久以前，这沿海一带有一大户人家非常富有，家中有一刚满 16 岁的姑娘。当地许多名门望族前来说媒，姑娘没一个满意的。姑娘的父亲是位开明人士，不想强求女儿做自己不喜欢的事。日子一天天过去，说媒的人渐渐少了，后来干脆没有了。这倒使姑娘省了份心。有天姑娘在海滩上散步，面对茫茫无际的大海，蓦地冒出一个奇怪的念头。姑娘在一条散发着茉莉花清香的小手绢上写下了一行字，把手绢放进一个精美的瓶子里，然后把瓶子扔进大海。

姑娘紧紧盯着那个随海水漂流而去的瓶子，双手合十，默默许愿。一年过去了，两年过去了，到第三年的春天，一位年轻的渔民来找姑娘。渔民见到姑娘就拿出一个瓶子。姑娘见那个精美的瓶子就笑了，便嫁给了渔民。渔民和姑娘在海边筑起了一间小屋，小屋四周种满了姑娘喜欢的紫薇花。日子虽不富裕，但他们非常恩爱。每天清晨姑娘送渔民出海打鱼，傍晚又坐在海边的岩石上等渔民归来。这期间姑娘又怀孕了。可有一天海上突然掀起风暴，出海的渔民再也没有归来。此后每当傍晚，姑娘手握那精美的瓶子默默在海边徘徊……

奶奶讲到这儿，那迷离恍惚的目光久久停留在海的深处。

玲儿问："奶奶，那姑娘在手绢上写了什么？"

奶奶说："姑娘在手绢上写道，谁捡到这个瓶子，我就嫁给谁！噢，姑娘还留了地址。"

玲儿又问："奶奶，您怎么知道这个故事的？"

奶奶说："那姑娘就是我。"

"噢，奶奶……"玲儿喊起来，搂住奶奶。

奶奶慢慢拿出那个精美的瓶子交给玲儿，说："去试试吧，愿它给你带来好运!"

玲儿紧紧握着那精美的瓶子，久久地瞅着，然后把它扔进了海里。

黄昏的海很美，有一种诱人的魅力。精美的瓶子随着海流慢慢地漂去……

锅　浴

　　早年间，在我的老家浙北一带山旮旯里，盛行一种习俗叫"锅浴"。锅浴又称锅汤。其时村里总有几户人家备有大铁锅。每至隆冬时节，村中互通消息，今日谁家烧锅汤。于是浴者带上木柴去他家，一个烧水，一个洗浴，依次轮流。据说，在锅浴时，锅内备有木制小板凳，人坐在锅中，边浴边与烧火者谈天说地。烧火者借火取暖，洗浴者借水温取暖，可谓一举两得。这样屋外即便天寒地冻，朔风啸啸，屋内却也温暖如春，其乐融融。

　　抗战时期，驻扎在县城的日本宪兵队常来山区扫荡，围剿出没在这一带的李泉生抗日小分队。一日，大雪纷飞。日本宪兵队的大佐雄太郎进村听说了锅浴这事，很想尝试一下，便命人搬来大铁锅架在维持会的厅堂里，又命人挑溪水，烧火。不一会，整个厅堂蒸气袅袅腾腾。雄太郎全身脱得精光，坐在大锅中间的小板凳上，神思悠悠。

　　忽然，雄太郎问一旁的维持会长："你的知道谁来陪我锅浴？"

　　维持会长道："太君要的是花姑娘？"

　　雄太郎嘿嘿一笑："你的花姑娘的有？"

　　维持会长道："有有！"

　　于是，维持会长找来村里的一位少女陪雄太郎锅浴。雄太郎看后摇摇头。维持会长问道：“太君不满意？”

雄太郎道：“你的花姑娘，我的不要！”

维持会长道：“太君不满意，我再去找！”

可一连几个少女，雄太郎都不满意，皆蹂躏后杀之。

一连数日，大雪封山，雄太郎无法围剿抗日小分队，也无法回县城，只有待在村里的维持会锅浴，蹂躏少女。是日，维持会长又找来了一位少女，少女头上盘着大得出奇的旧式发髻，樱桃小嘴，这很像旧时的日本舞女。雄太郎眼一亮。据维持会长说，这位少女名叫阿香，是特地从县城找来的。

阿香抚琴弹唱起来：

> 樱花啊，樱花啊，
> 阳春三月晴空下，
> 一望无际是樱花。
> 如霞似云花烂漫，
> 芳香飘荡美如画。
> 快来呀，快来呀，
> 一同去赏花……

一曲日本民谣，让雄太郎很怀念故乡。雄太郎坐在大锅中间的小板凳上，想起了故乡小酒馆里那些穿着和服，趿着木屐，千娇百媚的艺妓。艺妓怀抱三弦琴，纤纤玉指在琴弦上飞舞……雄太郎常为之陶醉。这也是雄太郎少年时代对故乡最深的印象。

雄太郎很喜欢阿香，便让她坐到铁锅前为其烧水。这样阿香对着雄太郎，把他的裸体看得清清楚楚。雄太郎问阿香是日本人还是中国人，阿香说是中国人，在日本留过学。雄太郎说：“怪不得你的日本民谣唱得这么好。你使我想起我小时候的姐姐。”

阿香问：“太君的姐姐叫什么名字？”

雄太郎说："我的姐姐叫千代子，会弹三弦琴。不过千代子不是我的亲姐姐，她是一名艺妓，常常在小酒馆里卖唱。那时我是位大学生，暑假常去汤野温泉。一次和几个朋友到小酒里喝酒时认识了千代子。千代子很漂亮，大我几岁，我就叫她姐姐。我常去看她弹三弦。"

阿香又问："以后太君和千代子还有没有联系？"

雄太郎摇摇头，说："自从我应征入伍后，就再没有千代子的消息了。"

阿香听了，叹息一声，说："太君，我再给你唱唱吧。"

雄太郎点点头。

阿香又抚琴唱起来：

> 樱花啊，樱花啊，
> 阳春三月晴空下，
> 一望无际是樱花。
> 如霞似云花烂漫，
> 芳香飘荡美如画。
> 快来呀，快来呀，
> 一同去赏花……
>
> 樱花啊！樱花啊！
> 暮春时节天将晓，
> 霞光照眼花英笑，
> 万里长空白云起，
> 美丽芬芳任风飘。
> 去看花！去看花！
> 看花要趁早。

锅浴蒸气袅袅腾腾。在阿香的弹唱中，雄太郎仿佛进入了千代子弹唱的那个小酒馆里听千代子弹唱。忽然，弹唱戛然而止，阿香的琴头跳出寒光闪闪的利器，利器的尖子刺进了雄太郎的心窝。顿然，血花四溅。

雄太郎临死前问阿香："你认识千代子吗?"

阿香点点头说："千代子是我在日本认识的好朋友。我的弹唱就是跟千代子学的。我这把三弦也是千代子送给我的。"

雄太郎笑笑说："怪不得一模一样。"

阿香说："我本来想跟你说说千代子的事。"

雄太郎说："那为什么不说说呢?"

阿香说："我是抗日小分队的战士，我得把握住杀你的机会。"

雄太郎看了阿香好一会儿，说："你也活不成了。"

阿香说："能够杀了你，我也值了!"

警　徽

一

　　黄警官已好几天没有回家了，两条浓眉紧锁成一个疙瘩。办公桌上那烟灰缸里的烟头堆成了一座小山。

　　黄警官从公安大楼 10 楼办公室的窗户向外望，夜空繁星闪烁，城市灯火璀璨，好一幅美丽的夜景图。但黄警官无暇欣赏，他把头埋在一大堆案卷中，想要从眼前繁多又零乱的记录中找到一些蛛丝马迹。

　　自从接手这个案子以来有一个星期了，黄警官还没一点头绪。他清楚地记得那天自己的老上司、市公安局的陈局长郑重地对他说："老黄，'七一四'案件是一起涉案人数多、范围广、手段恶劣的特大经济犯罪案件。市里领导非常重视，你务必在一个月内破案！"

　　黄警官深深地吸了一口烟，然后把烟头狠狠地摁灭在烟灰缸，仿佛那不是烟蒂，而是这个案子的罪犯。

　　作为一位老公安，黄警官办过的案子不计其数，局里的弟兄们戏称他是"福尔摩斯"。可眼下这个"七一四"案件，是一起集高智商、高科技、集多种犯罪手段于一体的伪造金融票证案，金额超过 1000 万美元，类似案例国内还极为罕见。其破案的难度超出了黄警官的预料，其中案子的复杂程度更难预测。

这些天来，黄警官上网搜集了相关案件的典型案例进行研究，又连续几天一面理清案件线索，一面对金融领域的凭证业务，特别是对金融凭证流程进行了研究——破获的同类案件，证据大多在这条凭证流转链上。通过一星期的研究，黄警官看出了门道。循着验资通过的这笔业务，找到了一家科技发展有限公司并了解到，该公司花了 100 多万元委托一名叫寿迁的人替公司验资。

终于找到了突破口。警方很快找到寿迁。然而，涉案的关键性证据已被寿迁销毁，对所犯罪行他矢口否认。

突破零口供，关键是取得一条完整而又相互印证的证据链。黄警官拿着"银行进账单"翻来覆去琢磨：能否找到伪造票证上的印章、原始文档？城里的印章刻字业、复印店大大小小数百家，要找出案犯去过的那家谈何容易。

黄警官带着侦查员顶着烈日，跑遍了城里大小印章刻字业、复印店，终于在滨海路上一家复印店里找到了案犯伪造的 3 枚印章及打印账单时留下的文本文档。然而，他意想不到的是，这中间却发现了这起案件的主犯。

二

周六的傍晚闷热无比，树上的知了也在烦躁地抗议着。黄警官蹬着那辆老式凤凰自行车匆匆往家赶。

妻子打了好多次电话来催他回家，说难得今天儿子也在家，一家人团聚团聚。唉，女人嘛，总是婆婆妈妈的，黄警官心想。想想妻子也挺不容易的，年轻时他在部队，妻子一人在家拉扯儿子；转业干了公安，又是没日没夜地忙，对家里实在照顾得太少了。想到这儿，黄警官的心头掠过一丝柔情和歉意。

"唉哟，老公，你总算回来啦！"妻子接过黄警官的公文包。

"爸，给你酒都满上了，快来吧！"儿子的声音从客厅传来。

一种幸福感包围了黄警官。

儿子一米八的个儿，穿着一条白色 T 恤，特精神，一副金丝边眼镜衬托出一份知性和成熟。

日子真快啊，儿子都已经工作了！记得有一次，他带儿子到上海的游乐园乘海盗船，儿子死死地抱着他的脖子，吓得脸色都白了。他紧紧地抱着儿子，把父亲的强大和安全传递给儿子。那年儿子才七岁吧。时间真像魔术师，把儿子从摇篮里哇哇乱哭的婴儿变成了蹒跚学步的胖小子；从掉了门牙、说话漏风的一年级学生变成了喉结突出、绒毛浓密、性格叛逆的中学生；又从骨骼健壮、青春飞扬的大学生变成了眼前的这位老成的青年。

儿子黄小锋大学毕业已经四年了。在大学时读的是生物，成绩优秀，他想到国外读研究生。但家里经济不允许，只好放弃了。这些年，黄警官有些内疚，本来凭他的关系还是可以为儿子找到一个好工作，可他没有为儿子这么做，原因很简单：他不想欠人情，因为他头上戴着一枚警徽。

由于学的专业很难在城里找到对口单位，儿子换了三个工作。前年，索性离开单位，和一位朋友合作开了一家贸易公司。公司开张的那天，他对儿子说了一句话："小锋，要合法经商，决不能干违法的买卖。"儿子说："爸，放心吧！"

唉，儿子在生意场上摸爬滚打全靠自个儿，也没帮他什么！想想黄警官觉得挺对不起儿子的。前一段时间，人有举报儿子逃税。黄警官找到儿子说："你怎么可以逃税呢？这是违法的事。"

儿子却轻描淡写地说："这点小事有什么。"

父子俩大吵了一通……

"爸，快坐！"儿子打断了黄警官的思绪。满桌的菜香和酒的醇香弥漫了整个屋子。可不知为什么，黄警官没有心情喝酒。

"哟，这是什么酒？茅台，哪来这么好的酒啊？"

"当然是我买的喽！难得回来就孝敬您一下。"儿子笑着说。

"我说干吗呢，发财啦？你老爸能喝上个红星二锅头就满足啦，还花这个冤枉钱！"黄警官边说边拿起酒杯，抿一小口，一条明亮的热线一下子连起了喉咙和胃部，爽！可黄警官内心又很复杂。

这时，黄警官的手机响了。

黄警官的神色一下又变得凝重起来。

十分钟后，黄警官来到一幢民宅。在黄色的警戒线前，他出示了证件就匆匆跑了进去。"寿迁死了。"黄警官一愣，他其实早有预感，寿迁背后的人肯定会铤而走险，可没想到会这么快！他蹲下来，仔细查看现场。时间一分一秒地过去，他始终理不出个头绪。忽然，他发现橱柜里有一瓶开封的茅台酒。他戴上手套，拿出茅台酒瓶拨出盖子闻了闻，醇香扑鼻。黄警官笑了笑，说："真好闻！"

三

八月的伏日毒烈无比。"七一四"案件从立案至今，这扑朔迷离的案子就像一张神奇的藏宝图，在黄警官和弟兄们的汗水中一点点地显山露水。

黄警官沉浸在案子的最后梳理中，他的心越来越紧，烟也抽得更凶了。"七一四"案件的主要犯罪嫌疑人不停地在他眼前晃动。同事们看到黄警官耳鬓徒增的白发和憔悴的脸，都以为他太沉于工作了。

> "军港的夜啊静悄悄，
> 海浪把战舰轻轻地摇，
> 年轻的水兵头枕着波涛，
> 睡梦中露出甜美的微笑……"

一首熟悉的老歌不知从哪儿飘来。黄警官心里蓦然感到一阵温暖，记得年轻时和妻子常常唱这首歌。唉，又是好多天没见到妻子了。那天夜晚，黄警官回到家里。夫妻俩躺在床上望着窗外，天空繁星密布，在挨近地平线的地方，星星们快要碰到大地了。宁静而美好的夜啊！可每当这时，黄警官却觉得自己像个无助的小孩在找到亲人的一刹那间想痛哭一场。

忽然，妻子对黄警官说："儿子要去美国留学。"

"噢，手续办得怎么样了？"黄警官问。

"差不多了。"

"你舍得儿子走……"

"舍不得又怎样？这是儿子多年的愿望呀！"

"是啊，是啊……"黄警官轻轻地抚着妻子的手。

四

秋天到了，树上的叶儿纷纷飘落。儿子终于要出国了。黄警官的案子也要结案了。

电话铃声响了。

"喂……"

"喂，你怎么还不来？再过半小时飞机就要起飞了！"

是妻子从机场打来的。

"我……"

"还什么我呀你呀的，不是说你随后就来的嘛？再不来你可见不到儿子了！"妻子显然有些生气地挂上了电话。

黄警官放下话筒，凝视了一下大盖帽上的警徽，便郑重地戴上，匆匆赶往机场。束束鲜花包围着儿子。儿子也看见了父亲。

"爸，你来得正好，我就要登机了。"

"噢，那正好赶上了。"

"爸，你多保重，我走了！"

黄警官深深地望了儿子一眼，说："你走不了了。"

儿子一惊，便立刻恢复了镇静："爸，你是怎么发现的？"

"你杀了寿迁想灭口，可你却暴露了自己。"

"爸，我不明白！"

"你杀了寿迁后，拿走了他橱柜里的茅台酒。因为我们曾审讯过寿迁，当时他无意中说起过一件事，是某家科技发展有限公司找他帮忙验资，还送他两瓶茅台酒。而恰巧我们取证时发现那家科技发展有限公司归属于你的名下。"

儿子听后沉默了一会，问道："爸，你连儿子都不放过？"

"儿子，你看看爸爸头上的警徽。"

"爸……"

黄警官突然拿出手铐猛地铐住了儿子的手。儿子正是"七一四"案件的主犯。

去天堂

一位朋友对我讲了他的故事：

在我 40 岁生日那天，我突然想起梅子 20 岁生日的事。

梅子要过 20 岁的生日。我答应过她，一块儿到省城痛痛快快玩一天。

省城像天堂，是梅子一直向往的地方。那会儿，我口袋里有很多的钱，是养蜗牛发的。我想我和梅子可以坐的士在天堂兜风、上音乐茶座、吃西餐什么的，反正只要是有钱人能去的地方，我们都能去！

可梅子要去动物园——这是她多年的愿望，她要去看那头曾与她握过手的大猩猩。在梅子 7 岁那年，她父母在省城游街，她寄养在我家。有天，梅子哭着要见父母。我母亲被她哭得实在不忍心了，便让我带她去省城找父母。我和梅子是走着去的。到了省城，路过动物园，梅子又吵着要进去，可我没钱。这时，有头大猩猩隔着铁丝网把手贴在上面。梅子看到了也不害怕，她把手也贴过去。就这样，梅子和大猩猩算是隔着铁丝网握了握手。

梅子快活地笑着，也忘了要见父母。就这样，梅子和大猩猩隔着铁丝网一直待到太阳下山，她才依依不舍地离开。以后，梅子的父母被造反派打死了，她就没有离开过我家……

20 岁的梅子脸红扑扑的，充满了青春的气息。梅子欢快地往前走。一会儿，她跑着跳着，在路旁摘几朵野花插在头上；一会儿又向我招招手喊道：哥，快点！

望着她那发育得很匀称很丰满很秀美的身影，我内心隐隐有种冲动，我真想拥抱她，可我不能！自从母亲死后，梅子是我唯一的亲人，她是我心目中圣洁的天使！

那天进了省城，看到五颜六色的霓虹灯广告，我说：梅子，今天是你生日。你要什么尽管说，我都能办到！

梅子撒娇说：我要去动物园！

我又问：除了去动物园，你还想要什么？

梅子眨眨眼，调皮地说：没想好！

我向停在附近的的士招招手。即刻，一辆桑塔纳驶到我们跟前。梅子却说：哥，我们走着去吧！

我惊讶地说：梅子，你疯了！去动物园还有好多路呢。我们从家里走到这儿已够戗了。我们有的是钱，干吗不坐车呢？

梅子上前挽着我的手臂，说：嗯，我喜欢走！

我拗不过她，只好随她走。这回梅子紧紧靠着我，我闻到她身上那股春天里的少女所特有的芳香。

路上，我们在一个公交车站停下来，想看看是否走错了方向。时刻表装在站牌上方，清楚地列着公交车到达和离开的时间。突然，我们的目光被那蓝色的站牌吸引住了，上面写着一行字："天堂欢迎你！"这是多么令人神往的站牌，仿佛闪烁着一个蓝色的梦！蓦地，我又想起十年前的事。那天快吃晚饭时，还不见梅子，母亲让我去找。在一堆麦垛里，梅子睡得很熟，脸上露着天真的笑容。我推醒梅子。她揉揉眼，说：哥，刚才我做了个梦。梦里我轻轻地飘起来，飘得老高老高。最后，我飘进了天堂。

哥，你猜天堂是什么颜色的？我摇摇头。梅子说：天堂是蓝色的，蓝色的天堂美极了！天堂里什么都有，那些金币堆得像一座座小山似的，没人拿。好多大猩猩和小女孩手拉手在跳舞，真好玩……

在蓝色的站牌下，我看看梅子，梅子也正在瞅我。忽然间，我们相视一笑。我们什么也没问，可彼此都想说：去天堂！

那天从动物园出来已近黄昏，天边飘浮着美丽的晚霞。梅子很快活，我不再问她还想去哪儿。像似早已说好了的，我和梅子又一块儿走回家。我们走得很累很累。当一跨进家门，我就倒在了床上。梅子推门进来，她脸红红的，温柔地说：哥，我替你揉揉脚。她那纤细柔软的手在我脚上缓缓移动，我感到一种从未有过的温暖和舒服。梅子边揉边把脸颊贴在我的膝盖上，然后她慢慢睡着了，嘴里不断呓语：去天堂……

然而，正当我和梅子在去天堂的路上，我却迷了路。我40岁的生日是在监狱里过的，因为我已成了一个经济罪犯，被判了刑。可梅子记得我的生日，她来监狱看我，并给我讲了一个故事：有一位商人赴外地接洽一项重要的生意，结果很成功。可回途却迷失了方向，久久不能回家。而他那在家的妻子始终在等待他回去。妻子等啊等，盼啊盼……商人终于回家了，可妻子的眼睛却瞎了。妻子对他说："若有人将价值连城的宝石托我保管，如今宝石的主人要收回它，该怎么办？"丈夫说："当然是还给原主。"妻子说："可今天上帝把宝石带回天堂了。"

我听懂了梅子的意思。我想要是人生还可以重来，我一定会和梅子一起去天堂！

因为爱情

现在几点了？黑暗中她问丈夫。丈夫打开手机看了看：现在是 20 点零7 分。

她对丈夫说：我实在困了，我想睡觉。

丈夫大声地叫着：亲爱的，现在不能睡，这一睡也许就永远醒不过来了！

她说：我实在坚持不住了！

丈夫坚定地说：坚持不住也要坚持！亲爱的，相信我，我们会获救的！

她和丈夫被埋在废墟下已三天了。

三天前，离她千里之外的这个小城发生里氏 7．5 级强烈地震时，她正在她所在城市的一家大型超市购物。当她从超市的电视大屏幕上看到这个小城发生地震的消息时，她立马向单位请了假，驾车赶到飞机场。她乘上了飞往离这个小城 100 公里外的省城的航班。飞机上陪伴她的是一首《因为爱情》：

> 给你一张过去的 CD
> 听听那时我们的爱情

有时会突然忘了我还在爱着你

　　……

　　她丈夫是一年前来这个小城当一名志愿者的。他们结婚七年。俗话说，七年之痒。开始她怀疑丈夫是有了外遇。她问丈夫：是不是那个女大学生？因为那个大学生来丈夫所在的医院实习，丈夫是指导老师。实习期满，女大学生就来到这个小城。丈夫说：不是。丈夫说他从没有当过志愿者，而这个小城需要志愿者。

　　丈夫离开她一年，两地远隔千里，维系他们的是每天一个电话。丈夫在电话里会告诉她小城的风俗人情及他们志愿者所做的事情。当然，作为编辑的她更关心这个小城所发生的新闻。她每天早晨醒来的第一件事就是上网搜索丈夫所在的这个小城的新闻和天气预报，然后告诉丈夫注意事项。前不久，她生日那天，丈夫在 QQ 上给她发了一首由王菲、陈奕迅演唱的《因为爱情》，她很喜欢，还下载到手机上。

　　从省城到这个小城还要乘坐两个多小时的大巴车。强烈的地震使小城交通中断，通讯瘫痪……她只有徒步前行。还好，途中拦上一辆运输车，搭了很长一段路。当风尘仆仆走进这个小城时，她惊呆了，几乎所有的房屋建筑都倒塌了，满眼的瓦砾，到处是残垣断壁，小城变为一片废墟。

　　她找到丈夫时，丈夫正在救护伤员。丈夫看到她也愣住了：你怎么来了？你疯了！

　　她说：我爱你！我要和你在一起！

　　那晚细雨绵绵。她陪丈夫来到一处废墟上喘息一下。她掏出手机播放了丈夫送给她的生日礼物《因为爱情》：

　　　　给你一张过去的 CD

　　　　听听那时我们的爱情

　　　　有时会突然忘了我还在爱着你

　　　　再唱不出那样的歌曲

听到都会红着脸躲避

虽然会经常忘了我依然爱着你

……

　　这时，大地又剧烈晃动起来，强烈的余震像一只凶猛的怪兽撕咬着废墟上的一切……她和丈夫被埋进了残屋的废墟中，到处都是钢筋、木梁、泥土和石块，周围一片黑暗……

　　已经三天过去了。她和丈夫还未被援救人员发现。丈夫在不断地和她说话鼓励她，可她实在不行了。她为了安慰丈夫，勉强笑了笑说：你要答应我，出去后我们要做一件重要的事——生孩子。

　　丈夫含着泪说：我答应你！

　　她说：你要答应我，出去后我想和你至少半个月回一次爸妈那儿，和妈妈聊聊天，陪爸爸喝点小酒。这几年，我们陪他们的时间太少了。

　　丈夫含着泪说：我答应你！

　　她说：你要答应我，出去后你得把烟戒了，这对你身体有好处。

　　丈夫含着泪说：我答应你！

　　她的声音已微弱，她说：你抱抱我，我还想听那首《因为爱情》，在我手机里。

　　丈夫含泪抱着她，摸到了她的手机。霎时，深沉又充满向往的旋律缓缓流淌出来：

……

因为爱情 不会轻易悲伤

所以一切都是幸福的模样

因为爱情 简单的生长

依然随时可以为你疯狂

因为爱情 怎么会有沧桑

所以我们还是年轻的模样

因为爱情 在那个地方

依然还有人在那里游荡人来人往

……

7 天后，当援救人员扒开这片废墟时，看到这样一幕场景：在一块大石下，丈夫呈弓趴姿势，保护着身下的她，而她则紧紧地抱住丈夫。由于两人尸体已无法分开，后事处理的人员只好将他们一起入殓。

据现场的援救人员说，俩人的手还紧握一部手机。有人看了下手机屏幕，屏幕上有一首歌——《因为爱情》。

情侣时装屋明天开张

　　小镇上有条个体户街，满街都在传播"单身汉服装店"的老板阿刚有了女朋友，这倒是个大大的新闻。谁都晓得，阿刚是这条街上出名的"独身主义"倡导者，所以他的店名也叫"单身汉服装店"。

　　要说阿刚，今年已三十有六，又是三代单传，他老爸想抱孙子想得都快疯子。据说有几次老爸几乎要下跪求阿刚快点讨老婆，可阿刚就是不肯，他说自己信奉独身主义！当然，阿刚开服装店成天忙里忙外的，也需要有个帮手。为此，阿刚也曾经人介绍谈过几个女朋友，不过都没成。

　　这回可不同了。据说这位女朋友是阿刚在火车上认识的。当时她大学毕业要南下找工作，她听阿刚说是做服装生意的，而且阿刚的名片上印的是"单身汉服装店"，便很感兴趣，就问阿刚为什么会取这样的店名，阿刚说自己是个"独身主义者"。

　　女朋友听了立刻说："太好了，我碰到知音了，我也是独身主义者。"阿刚也一脸的兴奋："是吗？那我们得干一杯！"阿刚从包里掏出两罐啤酒，给女朋友一罐，说："来，为独身主义干杯！"

　　"也为我们相识，干杯！"于是，女朋友问阿刚要不要帮手。

　　当时阿刚也吃不准，心想：在火车上认识的女人，会不会是骗子？不过看她一脸的纯真，就说："我那是小店，你堂堂大学生太委屈了吧。"女朋友说："这有什么，现在大学生遍地都是。"她见阿刚犹豫，又故作可怜状，说："难道你眼睁睁地看着我一个人南下？"就这样，这位女朋友来到了"单身汉服装店"，当起了阿刚的帮手。

阿刚的女朋友是大学生，人长得漂亮又勤快。她看店、算账、进货样样都行，还帮阿刚洗衣、收拾屋子，做他喜欢吃的东西。阿刚老妈是在生他时难产死的。阿刚三十多岁了，还没被女人疼过，这回他确实是尝到了女性的温馨。为此，他也打算和"独身主义"拜拜了。不过，女朋友对阿刚也有不满意的地方，比如阿刚爱玩摩托车，这回硬让她管住了。女朋友用铁链把摩托车锁住，说："你要是有个三长两短，以后我怎么过？"说话时眼又泪盈盈的，这下阿刚不怜香惜玉也不行了。再比如，阿刚还爱打麻将，女朋友就买了不少书，什么《经商指南》、《交际艺术》、《现代人心理学》等等。女朋友说："把时间消磨在牌桌上，不如多读些书。"女朋友软硬兼施，三下五除二，把阿刚的爱好"改造"了。

阿刚对女朋友的"专制"不满意，又无法挑剔。这不都是为他好？

前几天，女朋友对阿刚说，她在省城进货时见到最新的高档真丝时装，想买套穿穿。阿刚问多少钱一套，她说一千多元。阿刚听了直瞪眼，心想：这女人干吗要买这么贵的服装，又不参加时装表演。眼下店里生意又不好，她不是存心为难我吗？再说，我们小镇上的人穿着讲实惠，这么高档的衣服还没见人穿过。可一想，女朋友从没向他要过什么，要是一回也不答应，被人知道了还不说他阿刚小气。想想，一咬牙答应她了。

女朋友脸蛋白净，身材修长，如今配上一套淡绿色的真丝时装，人更显得飘逸高雅，满街的女孩子都给比下去了。一时，阿刚心里乐滋滋的，这钱没有白花，女朋友漂亮他光彩！

不过麻烦事也来了。女朋友穿着时装不再坐在柜台里，而是成天在店铺前转来转去，惹得好些人都来看她问她：这时装哪儿弄来的？阿刚醋劲上来了：好啊，原来想招蜂引蝶。女朋友却满不在乎，说："为什么不呢？蜂和蝶飞来得越多越好！"

阿刚又摆起了大男人的架子："要是你再招惹，我就辞了你！"

女朋友却格格地笑："辞退不辞退，过几天再说。这会儿你还是把醋劲压压吧！"阿刚绷着脸，不过女朋友也没干什么出格的事，只好随她去了。几天后，店里的服装都卖了，连女朋友自己身上的那套时装也硬让人给"抢买"走了，赢利比往常翻了几倍。女朋友索性再去省城进了不少高档时装，也被一抢而空。

　　阿刚总算是对女朋友服了，巴结道："嘿嘿，你的法子真灵！"女朋友却板着脸说："谁跟你嬉皮笑脸的。你不是要辞退我吗？现在我正式向你提出辞职！"阿刚急了，说："别，别，我向你认错还不行？"

　　女朋友想了想，说："你要我不辞职也行，得答应我一个条件。"

　　阿刚忙问："什么条件?"

　　女朋友红着脸说："把'单身汉服装店'改名为'情侣时装屋'，以后我们还要办个时装公司。"

　　阿刚一听乐了，说："好，全听你指挥。'情侣时装屋'明天就开张！"

小 花

　　小花是个不漂亮的女孩。但和所有的女孩一样，小花渴望爱情。

　　小花进公司三年，跟小花一块儿进公司的女孩差不多都有了自己的白马王子，小花却没有。

　　小花为此伤心。小花想如今的男孩干吗就要找漂亮的女孩，漂亮的女孩不一定中用。小花我虽不漂亮，可我会做好多漂亮女孩不会的事，我会用全部的感情去爱。一块儿进公司的巧梅虽漂亮，但在爱情上并不专一，今爱这明爱那，弄得好几个男孩争风吃醋。其中有个男孩整天神情恍惚，差点儿从四楼顶上跳下来。那男孩真可怜！他干吗不来爱我？要是爱我，我会好好待他，决不会让他跳楼。我除了不漂亮点，别的又哪点比巧梅差。

　　小花感到愤愤不平。不过小花还是挺羡慕漂亮的女孩，甚至有点嫉妒。

　　爱神丘比特是公正的，凡来到这世界的女孩都有一次会被他的神箭射中。

　　小花也不会例外，小花终于恋爱了。

　　那男孩挺帅，是大学生。当时有好几个漂亮女孩围着他转。

　　有天男孩来女宿舍要那几个漂亮女孩帮他织毛衣，可那几个漂亮女孩不会织。小花会。小花怯声怯气地对男孩说："我帮你织吧。"事情就这么简单。男孩就让小花织了。小花的手艺挺不错。以后男孩就穿着小花织的毛衣挺潇洒地来约小花去看电影。两人一块儿从那几个漂亮的女孩面前走过，那会儿小花挺骄傲。

展现在小花眼前的是个美丽的春天。春天里的小花渐渐丰满起来，脸庞泛着淡淡的红晕。小花走在大街上也有男孩盯着她看了。据说恋爱会使不漂亮的女孩也变得漂亮。小花很幸福。

春天过去了，茂盛的夏季来临。到处开放着绚丽的鲜花。

黄昏好温柔。小花和男孩相约在公园里。男孩拥着小花，小花依偎着男孩。

小花轻轻地对男孩说："我怀孕了，有了我们的孩子。"

"你怀孕了？"男孩很惶恐。

"怎么，你不喜欢孩子？"

"我是说我们还没结婚。"

"那我们结婚吧。"小花满怀希望地望着男孩。

男孩摇摇头。

"你不愿意？"

男孩又摇摇头，说："我想出国留学，手续都办好了。"

小花惊讶地问"以前你没说过要去留学。"

"美国的姑妈一定要我去。"男孩怯生生地看着小花，"小花，去医院拿掉孩子吧。等我留学回来我们就结婚，好吗？"

小花呆呆地看了男孩好一会儿，然后默默离他而去。等走到一个静静的林子里，小花的泪珠哗地滚落下来……

四年后，又是一个茂盛的夏季。

一位年轻瘦小的少妇领着一个漂亮的小女孩在公园里漫步。当她们走到一片艳丽的鲜花前，少妇指着一朵又大又红的鲜花对小女孩说："这是囡囡。"

小女孩笑着闻着那朵花。

少妇又说："囡囡，妈妈是哪朵呀？"

小女孩看了看指着其中一朵，说："这是妈妈。"

少妇一愣："妈妈会是这么小的花？"

小女孩撒着娇："嗯，妈妈就是这花。"

这时天空突然下起了雨。少妇忙抱起小女孩到远处的亭子里躲雨。雨下得很大。电闪雷鸣。小女孩吓得钻进少妇怀里。

一会儿雨停了，当母女俩再次经过那片鲜花时，只见满地都是花瓣，大部分花已凋落。而那朵又小又白的花沾满了晶莹的雨珠，开得好清新好鲜艳。

少妇惊喜地亲着小女孩的脸蛋："囡囡，看，这是妈妈。"

红草莓

程诚早晨上班时反复提醒自己：千万别忘了，下班买草莓。为以防万一，程诚还特意在手背上写了"草莓"二字。

结婚二十多年，给妻子的实在太少了。这些年，程诚担任开发区的负责人，许多工程项目忙得不可开交，就连晚上、双休日也搭上，而妻子一直有病。程诚常为此内疚。前两天妻子对他说："今儿上街，见有人拿着红草莓，唉，好些年没尝这东西了。记得还是在大学时……"

程诚正看着一份文件，听了妻子的话，心猛地一动。

妻子又说："现在草莓的价钱比较贵，新鲜的还不大买得到。我跑了好几家商店都说卖完了……"

接下去的话，程诚听不清了。程诚已陷入沉思，又回到了青年时代——他与她捧着鲜灵灵的草莓跑向河畔——金色的阳光，绿色的草坪，清粼粼的河水，鲜红红的草莓，诗意的生活……

下班铃响了。

程诚匆匆走出办公大楼。此时正值交通高峰期。程诚挤上一辆公共汽车。到了一站，程诚立刻下车，可这一带水果店没有草莓。

跑了几站，还是没有。于是程诚又挤上车。车到个体商场，程诚又下车。

个体商场物品琳琅满目。在水果一条街，程诚看到美国苹果、荷兰李子、伊丽莎白甜瓜、猕猴桃，还有海南的香蕉、福建荔枝等，可就是没见到草莓。问了好些摊主，都说早卖光了。

程诚有些沮丧，刚想离开，忽见前面一角有个摊上放着一堆红红的东西。程诚赶紧过去，见到了他正要寻找的"红草莓"。程诚对女店主说："这草莓我全买了。"

女店主却说："不卖。"

程诚问："为什么不卖？"

女店主说："这是给人留的。"

程诚恳求说："大嫂，帮帮忙，卖给我吧。我已跑了好多地方……"

女店主打断程诚的话，说；"别说了，不卖就不卖。"

程诚脸上露出失望的神情，问："大嫂，还有没有别的地方卖草莓的？"'

女店主说："这草莓特俏，今儿看来没了。赶明那些乡里妹子拿出来你再来买吧。"

程诚问："大嫂，那些乡里妹子住哪儿？"

女店主吃惊地说："那地方离这儿有 10 多公里，你想去？"

程诚坚定地点点头。

女店主感动了，说："嗳，你等等，我这草莓卖给你了。说实话，这本给一位妇女留的，可她到现在还没来，兴许在别处买了。"

程诚惊喜地说；"太谢谢了，大嫂。"

女店主看着程诚离去，心里在掂量，他准是个好男人。

这时又有人问："有草莓卖吗？"

女店主转脸一瞧，说："呀，是你。我以为你不来了，刚把草莓卖了。喏，就是前面那个男人买去的。"

那女顾客顺着店主的手指望去，看到一个非常熟悉的背影。

橄榄枝

　　战后的日本东京，笼罩一片阴云。那时无论是在车站，还是在码头或街道上，随时可以看到一群群归国的日本士兵。他们的表情是冷漠的，战争在他们的心灵上留下了难以弥合的创伤。

　　当时，夕子要和我结婚。夕子是位纯真善良美丽的日本姑娘。我们是在东京大学求学时认识的。我在日本的十年中，她是我唯一的知己。我虽然深爱着夕子，可没有马上同意。因为我想回国，同时抗战刚刚结束，带一个日本姑娘回去，家里人会怎么看呢？

　　夕子没有勉强我。

　　在一个下着细雨的暮春日，我与夕子告别。夕子送给我一只洁白的鸽子，深情地说："回国后把它放飞了，让它带上你家乡的橄榄枝。"

　　我紧紧握住她的手说："夕子，我不会忘记你的。"

　　夕子含着泪说："我等你！"

　　然而，我刚踏上国土，就遭到美国飞机的狂轰滥炸，鸽子被炸死了……从此，我只有隔海望日本，深深思念着夕子。

　　半个多世纪过去了，今日我率 M 市文化代表团访问日本。当我带着夕子所期望的橄榄枝重新踏上这片故土，心里充满着忧伤和欣喜。

　　半个世纪的风风雨雨使人改变了许多，我已不再年轻，而年轻的往事却记忆犹新：夕子梦中的橄榄枝，那洁白的鸽子沾满鲜血躺在码头上的情景……不知夕子现在怎么样了？她一定有一个温馨幸福的家庭，且子孙满堂。唉，我们都老了！我默默地为她祝福！

到日本后，由于参观交流等事情的耽搁，我一直没空儿去找夕子。一星期后的一个傍晚，我找到夕子原来住的地方。可早先的房屋已拆除掉了，如今成了一片繁华的商业区。在这茫茫的人海里，我去哪儿寻找夕子呢？一种失落之情又重回心里。我满怀惆怅徘徊在街头。

那夜的天空没有星星，远处一位吉他手正弹奏着一首古老的日本情歌。我走进一家小咖啡馆。记得以前，我与夕子常进这样的小咖啡馆。不过那时咖啡馆里的气氛与现在的不同，那时充满一种伤感的情调，而现在的气氛很柔和，给人一种恬静的感觉。

刚坐下来，忽然听到背后有人说："你是南平君吗？"

我忙回身，见邻座一位头发斑白的老人正盯着我。我问道："你是？"

老人说："你还认识我吗？我是小岛。"

我立刻惊喜起来："你是小岛，是小岛君？"

"是呀，是呀！"小岛过来拉着我的手。

我也紧紧拉住他的手。我们的眼都潮湿了。在东京大学时，小岛曾追求过夕子。以后他失恋了，就去了北海道。

我忙向他打听夕子，他却慢慢低下头沉郁地说："夕子已不在了。"

"什么，夕子不在了？"一种哀伤突然向我袭来，我努力控制住自己，"这是真的吗？"

小岛君点点头又说："这么多年来，夕子每时每刻都在等你。直到我们两国建立了友好关系。记得那天晚上夕子特别兴奋，好像又恢复到少女时代。她拉我一起来到这家咖啡馆，接着给我讲一个故事。你知道是什么故事吗？"

小岛君突然问我，可没等我回答，他又说了下去："大地曾被洪水淹没，留在方舟里保全性命的诺亚，一天放出鸽子去探测洪水是否已经退去。当鸽子回来时，嘴里衔着一枚新拧下来的橄榄叶子，诺亚就知道地上的水退了……"

我边听边流着泪。这是《圣经》上记载的故事，我曾讲给夕子听过。

"那天半夜里，夕子死了，在这以前，她得了脑癌……"由于悲伤，小岛君再也说不下去了。

那天夜里，我实在无法控制心里的哀伤，茫然地在街上走了一夜。事后，我才知道，是小岛君一直照顾着夕子。

第二天，我把一枚橄榄枝放在夕子的墓碑前，心里默默地说："夕子，你的鸽子带着橄榄枝来了！"

勿忘我

    小城细雨濛濛。城西新开了一爿礼品商店，店名叫"勿忘我"。

    店主是位秀美的姑娘，叫白芹。白芹以前并不是小城的人，小城的人不知她打哪儿来，为什么会跑到这偏僻的小城来开礼品商店。然而这一切并不重要。因为这是多情的季节，小城的人也需要用一种高雅的礼品来表达自己的情感。为此，小店一开张就吸引了许多人，生意格外兴隆。

    凡小店出售的鲜花和工艺品，都附有一张精美的卡片。卡片是淡蓝色的，上面印有一棵勿忘草，还配有诗句："一个淡蓝色的梦/化为片片淡蓝的相思。"这情绪很好，特受小城人青睐。

    那是个午后，"勿忘我"小店弥漫着淡淡的温馨。白芹把脸贴在玻璃柜台上，不知想着什么心思。这时街上走过一位打着绿色雨伞的女孩。女孩看到店内各种芬芳的鲜花，脸上露出惊喜，女孩推开店门，说："我买束'勿忘我'。"

    白芹立刻站起身从水桶里挑出几枝扎紧，且用薄薄透明的玻璃纸包好，附上一张淡蓝色的卡片微笑着递给女孩。

    女孩接过花闻了闻很满意，付了钱匆匆离去。此后，女孩每天上午都来买花。

    白芹对女孩很感兴趣，于是她很快就知道女孩叫温凤凤，是城里小学教员高健的恋人。

温凤凤还是每天都来买花。这样过了一个月。有天，温凤凤没来，白芹好像失落了什么，整天心不在焉的。

傍晚，天又下起了濛濛细雨。白芹刚关店门，温凤凤突然来了。只见她头上别着一朵小小的白花，臂上还戴着黑纱，满脸的悲伤。

白芹的心一颤，她很想问温凤凤，但没问出口。

温凤凤仍买了"勿忘我"，轻轻吻着。蓦地，她无意中瞥见柜台里有本诗集，集名也叫《勿忘我》。她问白芹："这诗集是刚出版的吗?"

白芹点点头，把诗集拿给她。没想到她看了封面上作者的名字，立刻发疯似地跑出小店，把那束花也忘在了柜台上。

暮色茫茫，郊外坟地一片沉寂。温凤凤把诗集放在一块墓碑上，悲泣地说："高健，你的诗出版了，你的愿望终于实现了。"

白芹捧着那束"勿忘我"也来到墓地。站在碑前，她的泪水似断线的珍珠不停往下流。

温凤凤看着她有点莫名其妙。一会儿，温凤凤忽然问："你是白芹?"

白芹抽泣着点头。

"你来小城开店是为了找高健?"

"是的。"

"你早知道他在这儿?"

白芹又点点头。

"那你为什么不来见他?"

"我没勇气见他。大学毕业，凭他的才华完全可以留读研究生，可他一定要来这偏僻的小城教书写诗。我一气之下就离开了他。

以后我很后悔，就天天读他留给我的手稿。我来这儿打听到他跟你在一块儿，我想你们会幸福的。没想到他……"

温凤凤摇摇头，说："几个月前，我来看望他，他已病得很重。我见他孤身一人，就留下来照顾他。他跟我提起过你，说你是他大学里的同学，诗写得很美。我和他是一个孤儿院长大的，又是小学中学的同班同学。不怕你笑话，我很爱他！可他爱的是你。临死前，他一直叫着你的名字……"

白芹痛不欲生，猛地搂住温凤风。两个女孩相抱痛哭。

墓地细雨濛濛。"勿忘我"散发着淡淡的清香。几天后，小城里多了位年轻秀美的女教师。

末班车

　　暮冬的深夜，城市已入梦乡。天空纷纷扬扬地飘着雪花，一辆末班车从我们面前驶过。我们已走过了整个黄昏，而眼前这长长的大街总是没有尽头。

　　你已说第三遍了。你说你该走了，快到点了，得去赶最后一班车。回去吧，不要送了，冬夜里怪冷的。

　　我说还是再送一程吧。

　　我们并排走着，你的头齐我的耳。我闻到你身上散发出的淡淡清香，就像这冬夜里的水仙花。倏忽，我感到有点不可思议，我与你怎么会这么熟？其实，我们相识才十多个小时。

　　上午八点，你风尘仆仆来到我那简陋的办公室。你解开羽绒帽，满头乌黑的秀发如瀑布倾泻而下，披散在肩上。即刻，我眼前一亮。

　　这是我们第一次见面。我向你介绍了我们厂的产品。我们是一个街办厂，建厂才两年半。开始，我们主要靠加工业务维持生存，自从我设计的那套服装在一次全国性的大赛中获奖，以后就⋯⋯

　　你微笑着打断我。你说，你是在报上读到我们的事迹，你是慕名而来。

　　是吗？我说你要知道，在强手如林的服装行业，我们只是一个小小的街办厂。我们的设备是陈旧的，还没有力量引进新的流水线。我们依靠的是全厂工人的勤奋和恪守信誉。

你还是微笑着，长长的睫毛闪着动人的魅力，你的睫毛真好看。我喜欢你的睫毛。你说你要的就是信誉。

中午，我们第二次见面。我们共进午餐，并签订了一份合同——一份十万元的合同。当时，我真有些不相信自己的眼睛。十万元，你的笔就这么轻轻地一勾。而对我这只有几十人的街办小厂来说却是有史以来最大的一笔。

气温急剧下降。街道两旁的屋檐开满了晶莹的冰凌花。我们仿佛走进了一个童话世界。我不时地侧脸打量你。你看上去还很年轻，不像是个三十八岁的女人。我仿佛看见了那个已很遥远很遥远的你向我走来。

傍晚，快下班时，你打来电话，约我在北国饭店见面。你说你今晚得乘最后一班车赶回去。

我们这是第三次见面。你有些疲倦。你说你公司的职员全是女的，要是有个男人就好了。

我说那你当时为什么不招聘些男职员？

你笑笑说也许是为争口气吧。而现在你确实需要有个男人。有些事需要男人去办。你的目光是温柔的。你说你曾结过婚。他是一位作家。当初，你崇拜他！以后他给你留下一个女孩走了，因为你再也无法激起他的灵感。

我们一起步出饭店。天空飞满了雪花。

你撑开了手中那把绿色的小伞，在暮冬的黄昏，它如春天里盛开的一朵温馨的小花。你把这朵小花交给我。顿然，一种颤动震遍我的全身。这是一个近四十岁的单身男人唯一的颤动吗？以前有过吗？也许是心灵上的坎坷太多的缘故吧，我已不记得了。然而，那一刻，我的确感受到，这是一个近四十岁的单身男人所渴望和所需要的。同时，我又不住地问自己：这真是以往那么多的岁月苦苦寻觅和等待的吗？

我们默默走着，谁也不愿说话。

车站到了。时临子夜。一辆末班车慢慢驶近。你没跟我告别就默然上车。继而你又转身微笑着朝我挥手。

　　我也在微笑中挥手。啊，我手里还握着你的伞。我跑向车，车却启动了。

　　末班车开走了。我还伫立于深夜的雪地里。我想起了一首小诗：那挂上红灯驶来的/是最后一班车/你轻轻跃上去/不要回头/我看得见你的影子……

　　是夜，我竟然没感到严冬的寒冷。然而，末班车前的挥别让我感慨至今，每每回忆，总有一股温馨涌入心间。

兰姐的故事

　　每逢双休日，镇上农具厂的单身汉宿舍准会来一位年轻漂亮的女子，大伙儿都叫她兰姐。兰姐的到来，使整个单身汉宿舍热闹好一阵子。尔后，兰姐就宣布今天干些什么。比如去郊游野餐，或者看电影、踢足球、跳街舞，要么检查单身汉们文化技术培训的作业，等等，反正名堂多着呢，这也成惯例。要是哪个双休日兰姐有事没来，那些单身汉就会寂寞得要死。一次，兰姐开玩笑说："你们老这么缠我，你们自己还要不要找老婆？"谁知单身汉们异口同声地回答说："我们不要找老婆，我们就要漂亮的兰姐。"

　　兰姐也实在长得漂亮，农具厂的人都喜欢瞅她。那些上年纪的人见兰姐走来，总要把眼睛揉上好几遍；那些有老婆的汉子瞧见兰姐走来，就把脖子伸得老长老长的，为此总挨自己老婆骂：死鬼，没见过女人啊！

　　其实开始的时候，兰姐跟农具厂的人并不认识，她的年龄也不比这帮单身汉大，有几个她还小他们几岁呢。兰姐大学毕业，分配在县乡镇企业局当质检员。兰姐第一次去农具厂检查，发现有一批铁器产品不合格，主要是翻砂工没有掌握好热处理。兰姐向厂长说了这个情况，厂长也当场宣布扣除翻砂工们的工资，不合格产品全部返工。

　　于是，这帮翻砂工就找兰姐算账。那个有"小刘国良"之称的乒乓大王阿虎用乒乓板指着兰姐责问道："你懂什么？你这妞算老几？我们的活从来就是这么干的！"那头发乱糟糟的阿毛吵得更凶，他说："这个月，我们上她这儿吃饭！"

谁知兰姐一点儿也不慌，她笑笑，说道："好啊！欢迎各位光临寒舍！今晚你们想吃什么？"经她这么一说，这帮翻砂工倒给镇住了。兰姐又微笑着对阿虎说："看来你是位乒乓健将，咱们赛一场怎么样？"

那头发乱糟糟的阿毛立刻来了劲，说道："阿虎，跟她赛一场。你是有名的'小刘国良'，还怕她不成？"

阿虎傲气十足地瞧了兰姐一眼，说："比就比！"

兰姐又笑笑说："不过有个条件。"

阿虎问道："什么条件？"

兰姐说："要是你输了，得喊我一声姐。"

阿虎反问道："要是你输了呢？"

兰姐爽快地说："那我就叫你一声哥！"

比赛结果，当然是阿虎输了。从此，"兰姐"就叫开了。

兰姐也真不愧为是兰姐，这帮翻砂工都听她的。你瞧，兰姐来到单身汉的宿舍，指着一张床说："阿虎，看你这床脏得像个狗窝，还不快给整理好！"阿虎就乖乖地整理起床铺来了。兰姐又揪着阿毛的头说："阿毛，瞧你这头发乱七八糟的，身上一股酸味，快弄好！"阿毛遂把自己弄得干干净净的。

兰姐跟这帮单身汉有缘。可有一天，兰姐结婚了，兰姐的丈夫曾是她大学的同窗。这一下，单身汉们就不那么快乐了。阿虎抱着吉他闷弹了三天，弹得阿毛把枕头都掷过去：你烦不烦？

婚后，兰姐第一次来单身汉宿舍，瞅见单身汉们这副酸相，遂说："你们都耷拉着脑袋干什么？我结婚，你们也不来道贺一声，真不够朋友！"

阿毛像孩子似地哭丧着脸，说道："兰姐，你结婚了，往后就不会来我们这儿了。"

兰姐闪着那双漂亮的眼睛，道："谁说的，我不是来了吗？瞧你们这副德性，还都是男子汉呢！"停了停，她又说："现在我宣布：今天第一个节目，会餐！不过，由于你们没向我道贺，每人罚酒三杯！"

这下单身汉们又乐了。阿虎真诚地说："兰姐，我们每人敬你三杯，衷心地祝你新婚快乐！"阿毛问道："兰姐，这第二个节目是什么？莫非是你跟新郎……"

兰姐道："去你的！这第二个节目是跳舞，庆祝我嫁出去！"

单身汉们"呼"地蹦了起来。

每逢双休日，兰姐还是照例来单身汉宿舍。时间长了，厂里就有些闲言碎语了："这女子人倒是漂亮，可就是疯疯癫癫的！""她已经结婚了，还跟这帮单身汉胡搞在一起。女人自重最要紧哪！"……

兰姐听了，也没当一回事。有一个双休日，兰姐来到单身汉宿舍时，大伙儿发现她神色不对，眼有些肿，额头有一条伤痕。大伙儿关切地问怎么啦？兰姐笑笑说她不小心碰了一下，没什么的！到了下一个双休日，她额角又多了一条伤痕，眼睛更肿了。单身汉们问她是谁欺侮她了，他们要找他算账！可兰姐还是笑笑说没有人欺侮她，是她又不小心碰的。

再到下个双休日，当兰姐走进单身汉宿舍时，她有些站不稳了。阿虎忙扶她坐下，她趴在桌上大哭起来，哭得好伤心！单身汉们谁也没有劝她，而是默默地站在她身旁任凭她大哭！好半天，兰姐才止住了哭声。她抬起泪眼瞅见单身汉们都呆呆地站着，便拭泪说："今天让你们扫兴了，真是对不起！"接着，她立刻又笑了，笑得很开心，笑得单身汉们也都跟着她大笑。

这以后，每逢双休日，兰姐还是来单身汉宿舍，跟单身汉们嘻嘻哈哈的。可这时候，兰姐已经离婚了。